花到深处更知香

饶芃子 著

SPM
南方传媒 | 花城出版社
中国·广州

图书在版编目（CIP）数据

花到深处更知香 / 饶芃子著. -- 广州 ： 花城出版
社，2025. 2. -- ISBN 978-7-5749-0405-7

Ⅰ．I267

中国国家版本馆CIP数据核字第2025SB7609号

出 版 人：张　懿
责任编辑：杜小烨　　王铮锴　李嘉平
技术编辑：凌春梅
责任校对：衣　然
封面设计：排隣設計

书　　名　花到深处更知香
　　　　　HUA DAO SHENCHU GENG ZHI XIANG
出版发行　花城出版社
　　　　　（广州市环市东路水荫路 11 号）
经　　销　全国新华书店
印　　刷　广州市岭美文化科技有限公司
　　　　　（广州市荔湾区花地大道南海南工商贸易区 A 幢）
开　　本　880 毫米 ×1230 毫米　32 开
印　　张　7.75　4 插页
字　　数　170,000 字
版　　次　2025 年 2 月第 1 版　2025 年 2 月第 1 次印刷
定　　价　55.00 元

如发现印装质量问题，请直接与印刷厂联系调换。
购书热线：020-37604658　37602954
花城出版社网站：http://www.fcph.com.cn

走向文心的深处。

——饶芃子

　　饶芃子（1935—2024），暨南大学中文系教授，暨南大学原副校长，中国世界华文文学学会创会会长，广东省首届优秀社会科学家。出版《比较文学与海外华文文学》等多种学术著作。

花到深处更知香
——从教五十年感怀（代序）

饶芃子

今年9月，我就从教50年了。50年，如果是一个人的年龄，也算是一个漫长的数字，该有多少人生的故事，心里难免会有往事如烟、似水流年的感叹。但是对我来说，这教坛的50年，虽然有过一些波折和风浪，但留在我心里的还是欢乐的日子居多。我教学生涯中最大的欢乐是我的许多学生在工作上很有成就，他们中不少还成了我的朋友，那是一种真挚的、非功利的"忘年"之交。我在一篇文章里曾经说过："我爱我的学生，所以当我听到他们在各个岗位上做出了突出的成绩，我就有常人所没有的快乐。"这是我50年来在教学上的快乐之源。这，某种意义上也成了我精神和心灵的"滋补品"，使我在七十有二之年，还能正常地阅读、讲学、写作，而且心中依然有激情荡漾。

记得1985年我50岁的时候，刚好学校换班子，领导找我谈话，拟让我出任学校的副校长。那时我是中文系系主任，虽然大家对我的工作比较满意，但我从来没有想到我可以是一位副校长的候选人。我认为自己已到了"知命之年"，又是一个女性学者，行政管理不是我的兴趣，也并非我的长处，到学校的领导岗位，在年龄上已没有优势，应该让年轻的学者去做，如若要我这个年龄层次的，就应找比我更有魄力的男性学者担任，所以我前后两次婉言谢绝。直至1987年7月，一个星期天的早上，梁灵光校长（梁灵光省长当时兼任暨大校长）把我找去，告知要我当副校长的决定，并且说很快就有书面公告。不久，任命公布了，我就这样当上了副校长。之后，我在副校长的岗位上做了八年半，多谢同事们的支持，我在任上还是做了一些有开拓性的工作，于1995年12月卸任。但那段时间因为要兼顾教学和行政两方面的工作，我内心的压力是蛮大的。近十多年，我做的是文学教学与研究工作，而且主要是从事高学位的教学，是个"纯粹"的学人，尽管有时工作也很紧张，但内心并没有什么压力，心态是自然、澄明的。如果说有什么心愿的话，就是希望把以往的一些学术积累，逐一理出头绪，一件一件把它做出来。在从教50年的时候，有这样一种心境，我对自己还是比较满意的。

前不久，在一次师生迎新春的聚会上，我的一名22年前毕业的硕士感叹说："20多年了，为什么我们老师总是不老？"得到席间许多人的回应。"不老"是他们的心理感觉，按自然规律哪有不老的人，只是没有老得那么快。我不是一个善于保养的人，但这些年来，我一直在教书、读书、写作，身边总是有一群学生，我们常常在一起讨论问题，包括学术的和人生的，更多是讨论某一论文或专著的撰写，我给他们观点和方法的指导，他们也经常向我提出新的问题。就在这样一去一来的相互回应中，师生的思维都被激活了，他们日益走向成熟，我也从他们身上汲取了青春与活力，彼此的心走得很近，没有代沟。我想，这应是他们觉得我不老的重要原因。

在我心里，教坛上的50年，就像是刹那间的，各种课堂的情景、不同时期学生的身影，至今仍历历在目。课堂对于我就像一个精神的"家"，文学更具有自身生命的依托感。每个老年人都会选择自己的生活方式，而我更倾向于阅读。我一直认为，文学是一种心灵的活动，与它联系更多的是人的精神层面的东西，许多时候它与人的岁数无关，相反，有了深度的人生阅历之后，对它还会有一种"花到深处更知香"的感觉，这就不仅不离而且更近了。几十年来，就在工作最繁忙的时候，我都没有间断过对文学作品的阅读，尤其是那些经典的文学作品，我曾多次反复地品读，每次都有新的惊喜。事实上，文学已经跟我的生命、我的精神融为一体。今后，我还会用更多的时间，来感受那种有灵性的阅读，省悟其所蕴含的人生哲理，使自己的思想和激情不因年事日高而衰退。

（原载《澳门日报》2007年5月7日）

目　录

第一辑

第二辑

第三辑

第四辑

第五辑

第六辑

第一辑

花到深处更知香

我的自画像

我生长在一个旧知识分子的家庭，我的父母都是有相当文学修养的人，他们年轻时曾编织过文学的"梦"。大概是遗传的缘故，我自幼就有一颗敏感的心，儿童时代，爱读冰心的书、安徒生的童话；少女时期，迷上了巴金和屠格涅夫的小说；有了自己的思想以后，又崇拜托尔斯泰、狄更斯和雨果，常常被他们书中表现的博大爱心所感动！在我国古典文学作品中，我特别喜欢曹雪芹用血泪谱写的《红楼梦》，因为在它里面我看到了真实的人生和真实人生中蕴含着的真实哲理。我从小就习惯于到文学作品里去寻找自己在生活中不能得到的东西，文学帮助我认识各种各样的人生，我相信人生中不能没有文学。在我的人生旅途上，不无波折和苦痛，但是我竟然自持着走到了今天，正是出于这种保留在内心深处的对文学的信念。眼看半个世纪过去了，又经过了那么多风风雨雨，照理说我从小就有的那种纯情的艺术梦幻，早该随岁月流逝而飘散了吧，但是我总感觉到它还存在，并且一直在伴随着我。许多熟悉的朋友都提醒过我，说我过于把生活诗化，太重感情，担心我因此而不能适应当今竞争的社会。我也知道这是自己"弱"的一面，但自感很难改变，因为我已这个样子生活了五十几年。

（原载《艺术的心镜》，饶芃子著，暨南大学出版社1993年）

童年忆絮

"你是元宵节晚在潮安县城的祖屋出生的，那晚，你爸爸在《辞海》里给你找到这个名字。"这是我上小学时母亲告诉我的。那时候，父亲已离家很久，我对他毫无印象，但家里保存有一张他和我两位表舅的合影，我在那张照片上第一次认识我的父亲，以后我关于父亲的各种想象，都是从那张照片上生发出来的。

由于父亲在我很小时候就离开家，我的童年几乎没有一事是与他有关的，只是在学校发给我的家庭报告书上还写着他的名字，所以我知道他的名字叫饶东。据母亲说，父亲在家时很爱我的，还常常教我念抗日的儿歌，而我自己却什么也记不起，因而父亲对我的爱始终是抽象的。

母亲是深爱我的，虽然我和她在一起生活的时间也不多。母亲是个知识女性，抗战时，她在曲江一带工作，我们聚少离多，在我童年时代，就有许多和母亲离别的记忆，它们埋藏在我的心里，所以我并不像一般同龄的孩子那么快乐。

抗日战争爆发前，母亲是潮安县第四女子小学的校长。

抗日战争爆发后，潮州城沦陷，那时，母亲正怀着我弟弟，父亲在这之前已投身抗日运动，她带着我和一个保姆随外祖父母乘船沿着韩江逃难，到外祖父的家乡潮安县归湖乡溪口村。外祖父母溪口的祖屋叫敦本堂。在我的印象里，祖屋好大，有上下两进，中间是天井，两边还有东厢房、西厢房，进门有一个很大的水泥外院，屋后还有一个面积不小的后园，后园里有一株无叶兰树，树身极粗，枝叶扶疏，每年无叶兰开花的时候，后园里到处是花香。我在那里生活了近八个年头，我的童年时代都是在敦本堂度过的，至今，它依然是一个令我魂牵梦萦的地方。

我们刚刚逃难到溪口不久，弟弟就出生了。按当地的风俗，嫁出的姑娘不能在本村生小孩，所以外祖父托人在邻近的官湖村租了一间屋子给母亲住，我则留在溪口跟外祖母，由保姆李婶照料我的生活，隔两天李婶就带我到官湖村探望母亲一次。弟弟出生后半年，母亲就离开我们，参加抗日宣传队。外祖母托亲戚从河对面的潭头村请来一个奶妈，奶妈身体健康，对弟弟很好，加上照料得法，弟弟长得很快，壮大异常。而我则体弱多病，同健康肥胖的弟弟相比，跑步、力气都不如他。四五岁光景，家里的长辈开始教我认字，读《唐诗三百首》，因为我认字认得多，又能背诵不少诗词，白居易的《长恨歌》《琵琶行》也能整首背下来，虽然身体瘦弱，却深得外祖父母的喜爱。

抗日战争期间，敦本堂内有六个孩子，除我和弟弟外，还有姨妈、舅父的两个表哥和两个表姐。大表姐大我们很多，当时已是中学生，二表姐和两个表哥是小学生，他们都待我极好。我们常常在一起"演戏"，大表姐聪明、活泼，是我们这一小队人的"领袖"，通常是她编一个抗日的故事，然后分配角色给我们，由她当"导演"，组织我们排练，在周末的晚上演出，演出时家里的长辈都是我们的观众。外祖父是一位古学很深而又开明的教师，他性格开朗，风趣幽默，富于激情。时逢抗战，他常为我们讲解陆游、辛弃疾的爱国诗篇，他自己写的诗词，也充满爱国心和救世思想。平时在家，他批改学生习作，看到写得好的文章，就兴致勃勃地念给我们听，如果我们中有谁写出好文章，他老人家就更开心，还亲自写字帖奖励我们。每年寒暑假，外祖父会带领我们外出郊游，多数是去爬山，有时也到邻近的村庄做客，在路上，面对大自然的风光，他就给我们讲解或让我们背诵古代的诗词名句、名篇。外祖母出身读书人家，自幼受诗书礼乐的熏陶，为人宽容、大度，而且十分勤劳。她常领着我们在后园的菜地上劳动，还教表姐和我做手工，缝制小枕头、绣小手帕等。每年春节，外祖母总要想方设法给我们每个人缝一套新衣服，战争期间，买不到鞋子，她就从箱子里找出一些碎布，用旧鞋的鞋底，给我们做各种各样的布鞋，女孩子的是用花布做的，男孩子的是用纯白或条纹布做的，款式差不多，我们就穿这种自制的"经济鞋"上学，在操场上打球、跳绳、踢毽子。

有一年，日本飞机来轰炸，敦本堂东边的厢房中了三个炸弹，我们的学校也因敌机轰炸而停课，外祖父带着一家大小逃到一个叫寨前的小山村，住了一年多。这个山村只有一户人家，三间瓦房，四周都是高山，中间是稻田和果园，最高的一座山叫铜吊寨，传说过去是强人出没的地方。山村前面有一条小溪，溪水清清，我们常到溪边游玩。因为远离圩镇，每逢农历的初一、十五，就有一货郎挑东西来卖，卖的都是些日常用品，也有我们小孩子喜欢吃的糖丸、牛耳饼、腐乳饼，每次货郎来，外祖母就托他帮我们购油买肉。这段时间，我们没有上学，外祖父就为我们各人编定功课，每天上午，都得坐在稻草编的蒲团上背诗词、读古文，下午则练习写字，有时还命题限时作文，他亲自为我们批改。山村里原来的三间瓦房，房主人留一间，让出两间给我们，但小孩子多，还是不够住，且没有活动的地方，外祖父就请溪那边的村民在晒谷场上搭了三间茅屋，我们住在里面，感到十分新鲜。那段日子，在我童年的心里留下了深刻的记忆。至今，我还记得铜吊寨山顶的云雾和那几间弥漫着书香的茅屋。

抗战胜利前一年，我们又回溪口，生活恢复了原来的样子。这时，母亲和姨妈都从外地回来，她们在溪口和我们住了好些日子，那年冬天我特别快乐，但春节过后不久，母亲匆匆离开我们，因有朋友帮她在梅县找到一个教位。我永远忘不了我和母亲离别的那一天，母亲穿着黑色的百褶裙、蓝色的大襟衫，围一条大围巾，一手提着一个藤箱，一手拿着大衣，姨妈牵着我的手走在后面送她，原说好送到村口的梅园，但一到梅园看母亲踏上那通往大路的田埂，我就哭了起来，不由自主地向她奔去，母亲走回来，放下手中的东西，抱住我，泣不成声，姨妈也站在旁边流泪。过了一会儿，母亲就放下我，快步地向前走，再也没有回头，但不知道为什么我感觉到她还在哭。我永远忘不了那片无边的梅园，忘不了那条长长的田埂，那里有我关于战争和离情的刻骨铭心的记忆。由于我和母亲总是离别，使我和母亲之间有一种很特殊的情感，所以我从很小的时候，就常常在期待，有时，我会带着弟弟跑到村口的大路旁，呆呆地望着远处，希望能在那里看到她熟悉的背影。

我的童年没有父爱，也缺少具体感性的母爱，应该说，我的童年是残缺的，但外祖父母用他们的爱填补了我的残缺，给我留下了许多温馨的回忆。在我的一生中，我外祖母给我的影响是最大的，她的善良、温厚、豁达，已深深地扎根在我的精神世界里。外祖母有一副惜幼怜弱的心肠，从不轻视那家境贫寒的人，而是尽力帮助他们，给予极大的同情。她认为命运待这些人已很不公平了，我们不能再看轻他们，而是要尽能力去帮助他们。她常教导我，对人要有爱心，有同情心，要乐于助人。正是在外祖母身上，我学到许多做人的道理，她的影响贯穿我的一生，直至今日我的为人处世都与她的教育密切相关，而这些她老人家是不知道的。

尽管我的童年有种种残缺，却能在残缺的生活中仍保有不少的欢乐，使我有一个健康的心理，在成长以后能够去承受人生道路上的种种曲折和困难，包括"文革"期间不正常的遭遇，实在是应该感谢我已经去世的外祖父母。

（原载《花城》1997年第3期）

潮安学忆

　　我12岁小学毕业，同年进入潮安县第一中学。当时潮安一中的校址在潮州西湖，学校背山临水，环境幽美，是读书的好地方。我平时上学，为了求速，常走小路，从我外祖父的双柑书屋出来，经岳伯亭街，再穿过三条僻静的小巷，就到了西湖。小巷很静，两边都是大户人家的围墙，有一两个小门，也是住户的后门，没有什么人行走，放学回家的路上，在小巷中还可以一路走一路看书，很是自得。从初中到高中，我在潮安一中念了6年书，在一中迁上潮州金山顶之前，我在这条路上穿梭了整整4个年头。50年的光阴弹指而过，但那时的景象，至今仍历历在目。

　　当时的潮安一中是县里的名中学，每年都有许多学生报考，竞争十分激烈。我念小学时成绩不错，但升学考试数学考差了，只考了个备取第六名，备取就是现在所说的候补，如有正取生不读，就可按名次顶上。后来有十几名正取生因故没来注册，我才得准入学就读。这件事在家里掀起了一场风波，母亲为此对我发了很大的脾气，外祖父从来疼爱我，对我的学习成绩很认同，也不明白我为什么会考得这么糟，事实上这件事打击最大的还是我自己，它是我稚嫩心灵的第一次创伤。

由于升学考试实际上是打了败仗，入学以后我就暗下决心，一定要学好功课，不让家中的长辈操心。每天放学以后，我总是抓紧时间做好老师布置的作业。在我的记忆里，那时课内的作业并不多，有许多时间阅读课外书，我自幼喜欢文学，课余时间就大量阅读文学作品，除了读《红楼梦》《水浒传》《西游记》《三国演义》《儒林外史》等著名的古典小说，还读"五四"以来的新文学作品，如庐隐的《海滨故人》，冰心的《繁星》《寄小读者》、巴金的《家》《春》《秋》等，我还常常为他们笔下那些不幸的灵魂哭泣。我读鲁迅的《呐喊》和《彷徨》，是受到语文老师郭笃士先生的启发，当时初中的语文课本中选有鲁迅的《故乡》，郭先生在讲解这一课时十分投入和动情，把我们全班同学都带进作者的艺术世界里，我从中感应到洋溢的诗情和哲思，久久不能忘怀。课后，我向班上一位家中有许多藏书的同学借来了《呐喊》和《彷徨》，认真地阅读，应该说，我当时对其中的《阿Q正传》《孔乙己》，并没有真正读懂，感受也不深，但《祝福》和《伤逝》都给我留下很深的印象。后来我又阅读了鲁迅的《野草》，从心底喜欢这本散文诗集，还用心背下了书中的《秋夜》。升上初三以后，我从学校图书馆借到了雨果、狄更斯、托尔斯泰、屠格涅夫、陀思妥耶夫斯基等作家的作品，这些作家在作品中表现出来的爱心和人道主义精神，伴随着他们所刻画的艺术形象，注入我素朴年轻的生命之中，我觉得自己在一寸一寸长大。初三时，潮汕平原解放了，校园里到处响彻"解放区的天是明朗的天"的歌声，师生都欢腾雀跃。为了庆祝解放，学校组织了各种各样的宣传队。我上初中以后，一心想读好书，除了班上两三位要好的女同学，很少同人来往，也没参加过任何社会活动，除喜欢写东西外，没有其他课外特长，跟我要好的几位女同学都报名参加合唱队，我不会唱歌，小时母亲教我跳过踢踏舞，对舞蹈有点兴趣，就报名参加舞蹈队。学校请解放军文工团的团员来教我们扭秧歌、打腰鼓和跳花棍舞。加入舞蹈队以后，经常要到城里的各个区和附近的农村宣传表演，读课外书的时间相对少了，但生活体验多了，思维也比较活跃。有一次，为了宣传的需要，在集体讨论的基础上，由我执笔写一个《一定要解放台湾》的活报剧，同大家一起演出。我还经常写些短文在班里和学校的墙报、板报上刊出，在课堂上作文，也有了新内容，常常得到语文老师的赞扬。

初中毕业时，学校有个决定，初中三年各门功课总评成绩85分以上的学生，可以直升高中。我的成绩达到标准，所以当年就直接升入一中的高中部。初中毕业之前，我参加了中国新民主主义青年团（共青团的前身），升上高中后，学校团总支就让我负责团刊《一中青年》的编辑工作，以板报形式，每周出版两期，我花了许多课余时间在这个刊物上。这段时间，我们班里五位爱好文学的同学常在一起讨论问题，交流读书心得，当中有一位姓倪的男同学，年龄比我们大些，书读得比较多，常向我们推荐一些新书。一次他借来一本艾思奇的《大众哲学》，让我们传看，我从前读的都是文学书籍，读这本书，得到很多启发，懂得怎样去认识、看待世界和万物，我觉得它是科学也是"诗"。后来，他又介绍我们看《钢铁是怎样炼成的》，从此，奥斯特洛夫斯基那段"人最宝贵的东西是生命……"的名言，就深深地烙在我们每个人的心里，那是我们的思想和精神最振奋的时期。

不久，农村开始土地改革，中小学教师的思想改造运动也在各个学校展开，一些老师的家庭被划为地主，有的要接受审查。我家里的亲人有所波及，而当时的思想导向，是要学生站稳立场，划清思想界限。我那时年纪很轻，对长辈的历史并不了解，因而有一定的思想包袱，主动提出不再担任《一中青年》的编辑，只参加一般的宣传工作。于是，我又有了较多的时间阅读课外书，那时候，苏联文学的翻译评介很多，我读了不少苏联，特别是反映苏联卫国战争的作品，如《日日夜夜》《真正的人》《普通一兵》等，我认为书中的英雄都是人类进步的奇迹，也认识到时代是一道伟大的洪流，我们的国家正在开创一个新的时代，前路悠远，确实需要大家有献身精神，尽管各人有各人的处境和困难，只要有热情和耐性，必能战胜困难，去参与新的时代的开拓工作，自己虽然很弱小，还是要努力顺应时代的洪流前进。

高中二年级下学期，学校组织部分高中生下乡锻炼，我也报名参加。下乡以后，我住在一位姓谢的老贫农家里，谢家很穷，是土改的"根子"。他们一家三口，夫妇俩和一个十几岁的女儿，我在他们家"三同"（同吃、同住、同劳动）。当时他们已在土改中分到地，但未有收成，生活仍很苦，我们每天只吃一顿稀饭，早晚都是吃土豆丝和番薯干，他们毫无怨语，晚上还参加识字班的学习。我在他家住了一个月，和他们一起到田间劳动，收工后帮他女儿做饭、煮猪菜、喂猪，饭前饭后给他们读报，教他们认字，学到了许多书本以外的活知识，懂得了一点实践精神，对为人民服务也有一些切实的体会。回学校以后，在作文课上，我以谢家的女主人为原型，写了短篇小说《谢祥婶》，得到语文老师陈绍宏先生的赞扬。从那以后，我有一种写作的欲望，常有一些人和事浮上心头，总想行之于文。在老师的鼓励下，我又写了短篇小说《他和她》和散文《在金山山麓的那边》，后者还获得中学生优秀作文奖，刊载在小报上。我从很小的时候就有当作家的梦想，此时就更坚定了走文学之路的决心。高中毕业时，我报考中文系，就是想投身于文学创作。我一直把文学看作崇高、圣洁的事业，深信通过文学，给读者重造新的社会观念，是一种必然有效的方式。我热爱文学，执着地追求她，不只是一种心灵的感应，当我回首自己中学时代的生活时，我就深深地感觉到，家庭的熏陶、中学时代学校和老师的培养，应是非常重要的两个因素。记得有一年母校校庆，我发了一个贺电，电文是："一中是养我育我的知识摇篮。"这是从我心里流出来的一句话，但不是一句普通的话，它负载着一个在外学子对母校的深情厚谊。这些年，随着自己年岁的增长，这句话在我心里的分量越来越重。

（原载《黄金时代》2000年第2期）

高考前后

　　一年一度的高考临近了，这些日子，不断接到亲戚朋友的电话，都是向我了解学校专业设置的情况，咨询高考志愿的填写，使我想起了44年前自己的高考，牵连的社会面并没这么广，整个过程主要是在管理部门、学校和考生中操作。

　　我是1953年参加高考的。当时文理没有分科，考试科目达九门之多，几乎包括高中阶段所学的各门功课，考生可以按自己志愿兼报文理两类专业。考前先填好志愿表，每个考生可填报五个专业志愿，每个专业志愿下面可选择填报三个学校。我从小喜欢文学，第一志愿报的是中文系，学校志愿报的是北京大学、中山大学、复旦大学。因专业志愿不能重复，所以我的第二、三志愿分别报了哲学和历史。第四、五志愿不知填什么好，我的班主任江文友先生是教化学的，说我化学成绩比较高，动员我报化学和化工，我就依他的意见填写。后来想起此事，不无后怕，因为我对化学毫无兴趣，如果真的考上，不知道会有什么后果。考前的复习主要是自学，有难题就到学校请教老师。我一向文科成绩好，理科相对较弱，就主动找理科成绩好的同学互相帮助。复习阶段虽然十分紧张，但同学们都很自觉，在集体宿舍里也是各自挑灯夜读，学习的主体意识很强。

那时，潮汕地区只有一个高考的考场，考场设在汕头市，我们各县的考生都要集中到那里参考。我们潮安一中的同学多数是被安排在汕头一中课室考试，因为考试的科目多，一连考了三天，晚上就在一中课室的地板上睡觉。考前，我脸上长一个毒疮，右脸肿得很厉害，影响右眼的视力，还发高烧，第一天上午考语文，监考员老在我座位旁边走来走去，又拿我准考证上的照片看了又看，但我赶着做题，不理会他，他也没打扰我，估计我当时的样子一定很难看，和照片上的我很不一样，所以引起他的怀疑。第一天下来，我已经支持不住，领队的老师十分焦急，幸好我在汕头执教的大姑妈来探望我，看我高烧不退，马上带我到医院急诊，打了一针盘尼西林，又买了几片止痛药应急，第二、三天考试才能坚持下来。因为带病考试，有的科目考得并不理想，但自感没有大的差错，内心也就很平衡，没有什么思想压力。

那时候，各大学录取新生，都是统一在《光明日报》上放榜。放榜那天，大家拥到邮局去等报纸，因为邮局门口的读报栏每天都张贴有《光明日报》。但等看榜的考生太多，邮局怕报纸被人撕去，所以没有像平时那样贴在报栏里，而是贴在邮局右边的墙壁上，而且贴得很高，我们站在下面，可望而不可即，十分焦急！后来班上的一位男同学从家里搬来一把长竹梯，爬到梯上给大家高声念榜，从排在首榜的北京大学到排在最末的哈尔滨俄语专科学校，所有考生录取名单，都一个一个念，因每个同学有五个志愿，每个志愿又有三个学校，究竟录取在哪个学校、哪个系，无法预计，只好硬着头皮耐心、专心地听他念，每念到自己同学的名字，大家就很激动。有一位女同学被录取在哈外专，是榜上最后一个学校，所以迟迟未见她的名字，紧张得哭了，最后念到她时，才破涕而笑。由于潮安一中是名校，班里大部分同学都考上了大学，按我们当时的理想，是考得远一点好，不愿意做"井底蛙"，我和另外两位同学考上了中山大学，还有一位同学考上了华南农学学院，我们觉得自己不能出省，很是失落。

放榜以后不久，我们就接到各大学的录取通知书。8月底9月初，同学们就整装先后离开家，奔赴各地，投入我们日夜梦想的大学生活。

44年的时间弹指而过。回顾当年高考的前前后后，一些做法和形式虽然简单，却很素朴、严明，确有不少值得回味之处。

（原载《羊城晚报》1997年7月8日）

康园诗教

我1953年考入中山大学，那时经过高等学校院系调整，中山大学已从石牌搬到珠江南面的岭南大学旧址，旧岭大坐落在河南康乐新村，校园幽雅，红墙绿瓦的建筑物错落有致。康乐园里树木很多，到处是林荫小道，小礼堂前的大块草坪，翠绿翠绿的，像绿色的地毯。校道两旁种着成行的紫荆树，阵风吹过，就有无数落花飘了下来。位于校园中心的大钟楼是学校办公大楼，大钟楼后面栽有各色杜鹃花，在杜鹃花开的季节，那里是最迷人的地方。那时候女生很少，都住在"新女学"（又称"广寒宫"），"新女学"周围，绿草如茵，正前面有荷花池，五六月间，荷花盛开，从池边小路走过，芳香扑鼻，每天清晨，同学们就坐在草地上背诗词、读外语。现在回想起来，那真是我们的花的季节，而大学四年的学习生活就像一首韵味无穷的诗。

我在中山大学中文系学习。四年里，修读过许多著名教授的课，他们的学术造诣，他们的治学方法，他们对学生的严格和宽容，都深深教育了我，在我心中"内化"成一种精神，一种向上求进的精神，使我在教学和研究工作中能长期保持积极进取的状态。我常常想，在我走向文学之初，如果没有詹安泰、王起（王季思）两位教授的启迪和教导，恐怕要走许多弯路，虽然现在走过的路并不平坦，但那是历史造成的，而不是文学和治学本身。由于家庭的影响，我自幼迷恋文学，上大学之前，我一直在做着作家的"梦"，报考大学中文系，就是想投身文学创作，把梦想变成现实。考上中山大学以后，在弥漫着书香的康乐园里，能系统地阅读中外文学名著，面对复杂丰富的文学现象，思考、消化从文学折射出来的人生奥秘，我终于发现，我的生活圈子太小，社会知识贫乏，要从事文学创作，底子太薄。而当时的环境和氛围已不知不觉地诱发和培养了我对文学研究的兴趣，在这方面给我教诲最多、影响最深的是詹先生和王先生。詹先生是词学专家，王先生是元曲专家，我先后修读过他们开的中国文学史课，两位先生讲课都十分投入，尤其是讲名家佳作，更是激情洋溢，课堂上闪烁着艺术和智慧之光，把我们也带进那个艺术境界，有时甚至是到了欲罢不能的地步，直至下课以后，我们还沉浸在他们所创造的艺术氛围之中。

我第一次拜见詹先生，是在入学以后不久的一个周末。因为詹先生早年和我外祖父同在韩山师范学校任教，交往甚多，外祖父的诗集《听鹃楼诗草》有詹先生作的序文，外祖父生前有一诗谢他，外祖母嘱我带来赠詹先生。那时詹先生一家住在中山大学西南区64号，我在下午4时左右前往拜访，先生和师母见到我十分高兴，和我谈了许多家乡长辈的旧事，又询及我读书的情况，先生听说我对词有兴趣，很是鼓励，要我多读名家作品，还要读历史方面的书，以历史事实为沃土，培养见识。这些，我都铭记在心。升上二年级时，中国文学课的上古部分是詹先生主讲，他讲课生动、深刻，而且深入浅出，很受学生拥戴，特别是讲屈原的《离骚》，在串讲中，先生自己的见解、他对别人见解的见解，都讲得十分透辟，从思想、艺术和思维方法上给我们很多启发，他当时讲课的情景，至今仍保留在我的脑海里。

詹先生从事古典文学的研究和教学多年，涉及的学术范围很广，包括《诗经》研究、楚辞研究、中国文学史和古典诗词的研究等，而词学的研究是先生用心最多的一个方面，造诣很深，博得诸多名家的赞赏。我在修读中国文学史过程中，多次向先生请教词学上的问题，获益良多。三年级下学期，系里把各教研室老师所拟毕业论文题目印发给我们，由学生自选课题，我选了詹先生拟的《试论柳永的词》。因为我当时对宋代婉约派的词有浓厚的兴趣，尤其喜读二晏和李清照的词作，但先生拟的题目只有苏轼和柳永，我想不明白，向先生讨教，他很有耐心地给我讲解，说北宋词风，到了柳永时才有新的变化，有了一种新的境界，柳永以羁旅行役的题材拓宽了词的内容，又善于用情景交融的技巧和铺叙手法表达复杂细腻的感情，在艺术上比"花间派"进了一大步。他以柳词为毕业论文题目，是考虑到柳词在宋词发展上的作用和意义，也就是说，不仅着眼于一个词家的词作，而是把它作为一个词史的"转折点"来给予关注。他认为我艺术感受力较强，对诗词体验细腻，具有研究婉约派词的基础和气质，柳永的词比较浅俗，又不失为婉约派的大家，可先从他"入门"。还亲自给我找出柳永的《乐章集》，把其中的重要篇目（如《雨霖铃》《八声甘州》《望海潮》等）用红笔圈出，要我精读，并特别叮嘱柳词多为弹唱之作，不可忽视其音律。后来，我在搜集论文资料和撰写论文过程中，偶有所得和遇到难题，都及时向先生汇报和讨教。记得有一次，我汇报自己对柳词的看法，他说我有进步，很高兴，还大声要师母煎两个荷包蛋给我吃，我没有想到他会以这种方式鼓励我，一时不知所措，这一细节给我留下很深的印象。正是在詹先生具体悉心指导下，我顺利地完成了毕业论文的写作，并且获得优秀成绩。这是我撰写的第一篇长篇学术论文。自那以后，我对词就有一种艺术的偏爱，也开始懂得一点做学问的道理和方法。遗憾的是，在我论文定稿和考评的时候，正是反右高潮，詹先生在"难"中，没能亲自为我的论文写下评语，论文的评语是由陈寂教授代写和签名的。陈先生在评语中给我许多鼓励，尤其称赞我对柳词音律的见解。但是我自己知道，陈先生认为我有新意的地方，都是詹先生在指导过程中"给"我的。

我认识王先生，是在1953年新生学习周的报告会上，他当时是中文系系主任，给我们做专业报告，讲中文系的培养目标，介绍中文系的专业课程及其内在联系。他讲得很动人，把我们的学习热情都调动起来了。大学三年级，王先生给我们讲授宋元文学史，由于我的学年论文写的是和宋元话本相关的课题，王先生是我论文的指导老师，所以接触较多，先生和师母对我厚爱有加。大学毕业以后，我留校任助教，系里把我分配在古典文学教研室，跟王先生进修宋元文学史，并协助大师兄苏寰中为王先生做一些教学上的辅导工作。在进修过程中，王先生对我要求极其严格，他要求我先通读《宋六十名家词》和《元曲选》，并圈出若干名家名作要我注释，规定时间交卷，一有不妥和疏漏，就提出严厉批评，师母怕我受不了，每每从旁开解，但王先生认为他这样做是要培养我具有严谨学风，扎扎实实打好专业基础。那时，跟着王先生进修的还有我的两位大师兄和三位1955年考进来的宋元文学史方向的研究生。王先生每周一次给我们答疑，风雨不改，具体时间是星期五晚上。两位大师兄和研究生资历比我深，都已参加过一些教学辅导工作，水平也比我高得多，但大家都在同一时间答疑，我提出的疑难问题，有时王先生就让他们给我解答，如意见不一致，就鼓励我们展开讨论，各抒己见，气氛十分活跃，这就逐步培养了我们发现问题、分析问题和独立思考的能力。我后来在教学上，特别是在研究生的教学中，常常采用这种方式，颇受学生欢迎，对启发和活跃学生思维也很有好处，这应该得益于王先生的教导。

半年以后，我们都被卷进"大跃进"浪潮中，业务进修中断了。不久，省里组织各大学青年教师下放农村劳动，我也和学校的许多青年教师一起下放高明县，出发前，王先生赶来小礼堂后面的校车站送我们，当时我已坐在汽车里，从车窗伸出头来和他招手道别，他用相机拍下了这个镜头，还把照片寄到农村给我，照片后面有王先生的亲笔题字"依依"。我接到后很是感动！"文革"期间，我的许多照片都被红卫兵抄去，这张照片却能幸免，至今仍保留在我的旧相本里。那年寒假，学校和中文系先后派来慰问团，我的大师兄苏寰中是中文系慰问团的成员，他们在元宵节前夕来到我下放的大沙乡员岗村，王先生和师母知道元宵节是我的生日，特买了一个蛋糕托他带来给我，我接到蛋糕，深感师情之重，禁不住热泪盈眶。1958年5月，我从高明回来，7月调到暨南大学。根据暨大教学工作的需要，分配我跟萧殷先生进修文艺理论，此后一直从事文艺理论的教学和研究工作。但当年王先生传授给我的一些基本的治学方法却延续至今，从我1989年以来出版和发表的中西戏剧比较研究的著述和论文中，人们不难看到过去和今天的缝接。如果没有昔日中山大学学习和进修的基础，这些研究成果和论文不可能出现，或者不是以这样的形态出现。记得1989年《学术研究》发表我的《中西戏剧起源、形成过程比较》论文不久，我就接到王先生给我的一封勉励的信，信中有"见后学有成，夜不能寐"句，读后百感交集，想到先生年事已高，用笔已十分不便，仍如此关心后辈，自己是没有理由辜负他老人家的期望的。

现在，詹先生、王先生已先后仙逝，但两位先生的形象和他们在教坛上的风采，却仍然鲜明地留在我的心中，在写这篇文章时，昔日的一切又一下子涌现在我的眼前……我更加倍地怀念青年时代在康乐园的生活。

（原载《南方日报》1998年8月9日）

《石头记》与我

　　小时候，住在外祖父家，外祖父乡间的祖屋，是一座老式的大宅，叫敦本堂。城里住的远没有敦本堂大，叫双柑书屋，原是外祖父和儿孙辈在城里教书、读书的书斋。双柑书屋的后厅连着外祖父的书房，是他老人家起居和写作的地方，那里有一排旧式的木书架，架上摆满一套套的线装书，我当时年纪小，许多书都看不懂，但有一套粉红色虎皮笺封面的线装书，却是我所喜爱的，那就是护花主人评点的《石头记》。这套书共16本，每本都有插图，第一本有贾宝玉、刘姥姥和十二金钗画像，纸上人物，个个栩栩如生，令我百看不厌。由于家中长辈都熟悉这套书，闲时常谈论书中人物和故事，所以当我上小学五年级第一次阅读它时，宝黛的幽怨故事对我已不陌生，尽管书中的许多字、许多事是我当时无法看懂和理解的。

　　之后，我每年寒假都要把这套书翻读一遍，多读一遍就多懂一点，不懂的就跳过去，如第一回和第五回，就每次都被我翻跳过去。长大以后，才知道这两回书是至关重要的。第一回石头传书，是作者引导我们进入他梦幻世界的一条蹊径，当中"石头"的设置，"石头"的自述虽恍惚迷离，却妙不可言，作者借"石兄"之口，既交代了自己写书的缘起和本书的要旨，还通过神话暗示宝黛二人的身世来历，为他们的爱情悲剧铺垫。第五回太虚幻境之梦游，是全书的"纲"，是《红楼梦》中的"红楼梦"。当年我随随便便把它们翻跳过去，实在是真正的无知。

在我的记忆中，外祖母也爱看《石头记》，在她的针线筐里，常常放着这本粉红色的书，好像她一辈子都在反反复复读这套书。林黛玉的《葬花词》，我当时是读不懂的，但夏天的傍晚，跟外祖母在院子里乘凉，常听她背诵，她背诵这首诗时声调柔和，颇有韵味，听多了，我也会背，所以很喜欢。大学毕业时，外祖父早已去世，我回双柑书屋探望外祖母，她老人家从外祖父的遗物中找出这套《石头记》给我，我很高兴自己能成为这套书的主人，从那以后，它伴随着我走上大学讲台，走进了文学殿堂。

在我青少年时代，这套《石头记》在双柑书屋是无人不知、无人不读的。这套书连同它所代表和唤起的昔日读书生活的回忆、它在双柑书屋的存在及它所营造的文学氛围一直未能离开我。"文革"前，我曾将这套书借给我的好友和学生，因为那上面有我外祖父对护花主人评语的许多批语，在我心里，这套书是我们家几代人精神生命的一根纽带。

"文革"初期，我遭受冲击，被打为文艺黑线的执行者。1966年7月，红卫兵抄我的家，抄去了我的不少藏书，包括这套用粉红色虎皮笺装帧的《石头记》，这套书被抄走，对我的打击很大，仿佛我心中那种对文学虔诚的情感一下子被人抽空了。事情过后，我很担心这套书的命运，我希望它不至于被人焚毁，后来听说抄家者中有人知道这是一套好书，未曾被毁。现在此书流落何方已无人知晓，但值得我聊以自慰的是，它毕竟逃过了厄运。我希望它在谁的书架上为人所读，为人所用，希望有人也如双柑书屋的主人那样珍惜它、爱护它。

　　近十多年，我买了各种版本的《红楼梦》，但书架上的任何一部都无法取代它在我心中的地位，它对于我，已不仅是一套书，而且是我曾经拥有过的一段感情和生命，我的一个无声而深沉的"朋友"。这些年来，我并没有刻意地去寻找它，但心底里却盼望着能寻觅到它，重拾那份回忆，重归它所代表和营造的那个氛围。我以为，我生命内里那与生俱来的无名伤感，在某种程度上可以说是《石头记》予我的。

（原载《南方周末》1995年）

我的学术之"缘"与"路"

　　我于1935年出生在广东潮州一个世代知识分子的家庭。祖父是早年上海公学的学生，外祖父是清末秀才，又曾就读于京师大学堂，他们回潮州以后，都将自己的一生献给了家乡的语文教育事业。我出生时母亲是潮安县第四女子小学校长，父亲是上海暨南大学中文系学生。抗日战争爆发后，父亲离家抗日，1938年潮安县城沦陷，母亲也投身于妇女救亡工作。我跟着外祖父母逃难，并由他们抚养长大。外祖父能诗、能文，又擅长书法，是潮汕一带知名的文人和书法家。在外祖父的影响下，我自幼对文学有浓厚的兴趣，尤其喜读唐诗宋词和《红楼梦》。我11岁第一次读护花主人评点的《石头记》，这部作品的诗意和悲情就深深地扎根在我的心中，从而孕育了我的文学梦想。

　　1953年我考入中山大学中文系学习，选择读中文系，是想圆自己心中的"作家梦"。那时，中大的中文、历史两系名师荟萃，我修读了许多著名教授的课，在弥漫着书香的康乐园里，在各位名师的指导下系统地阅读了许多中外文学名著，面对丰富多样的文学世界，思考、领悟从文学折光的人生奥秘，过的是纯书斋式的大学生活，那种环境和氛围逐渐诱发和培养了我对文学研究的兴趣。我在大学读书时，主要兴趣是古典文学，而这方面，词学专家詹安泰先生是我学术上的启蒙老师，我在他的指导下撰写的毕业论文《试论柳永的词》，得到老师们的一致好评，那是我撰写的第一篇长篇学术论文。1957年我大学毕业，留在中大中文系古典文学教研室任助教，师从元曲专家王起（季思）先生，进修宋元文学史，王先生为我定的主攻方向是宋词和元曲，并在治学方法上给我具体的指导。此期间我还修听过著名历史学家陈寅恪先生在他家客厅为中文、历史两系青年教师开的"元白诗证史"课。先生们的学术造诣、治学精神和研究方法，他们对学生的严格和宽容，都深深教育了我，在我心中内化成一种精神、一种与个人情感和生命相联系的学术追求，我后来在教学和研究工作中，能面对曲折和灾难，在学术上保持积极进取的状态，正是得益于那段时间所奠下的基础。

从古典文学转向文艺学

1958年，暨南大学在广州重建，因工作需要，我被调到暨南大学中文系任教，师从文艺理论家肖殷先生，讲授文艺理论课。在专业上，这个弯转得很大，一是从"史"到"论"，一是从实证和文本解读到思辨的逻辑演绎。更主要的是在我内心深处很难割舍自幼喜爱的古典文学，思想一度很不平静。肖先生觉察到我的情绪，找我谈话，他说："一个有古典文学基础的人，对领会和把握文艺理论，特别是具有本民族特色的文论是很有好处的。"为了培养我对现实文艺问题的兴趣和敏感，他要我关注、阅读当时学界有争议的理论文章和文学作品，从中发现问题，进行辨析，提出自己的看法，有针对性地撰写文艺短论和评论文章，"逼"着我去面对当代文艺问题。经过一段时间的磨炼，我的问题意识和思辨能力均有了不同程度的提高。由于我一直没有间断过对中外经典文学作品的阅读，所以我的文章和文艺理论课都不是从理论到理论，而常常是和我对现实文学现象的思考、经典作品的解读结合在一起，很受学生欢迎，曾获多种教学奖励，在广东文学界也逐渐为人所知。"文革"期间，我遭受很大的冲击，在一波又一波的压力面前，文学成了我生命的守护神，我不相信人生可以没有文学，也自知无论在写作还是教学上都没有方向性的问题，因而能自持着走过那段艰难的道路。

应该说，我真正的学术之路是在20世纪70年代末80年代初开始的。正如大家所知，我执教的学科是文艺学，但近30年我的学术研究与思考却跨越文艺理论、比较文学和海外华文文学三个领域。改革开放初期，我的文艺理论研究主要集中在对曾被视为"禁区"的一些文学理论问题进行辨析，如我较早发表的《试论形象大于思想》《形象思维是文艺创作的规律和方法》《马克思、恩格斯论〈弗兰茨·冯·济金根〉的悲剧冲突》《谈社会主义时期的悲剧》等系列论文，这些论文从不同角度反映了我对中国当代文艺理论的反思，特别是对马克思主义文艺理论美学意义的探寻，发表以后都不同程度引起学界的关注和回应。我在理论研究中更多注意的是文学艺术的当代发展，特别是对现实中文学、文化现象的审美思考。与此同时，我还应中国社会科学院文学研究所张大明先生之约，对由于某种历史原因而被淡忘的左联重要作家戴平万及其创作进行研究，撰写出版了《戴平万研究》一书（与黄仲文合作）。我研究的路数是不脱离"原典实证"，从问题出发，从具体作品和第一手资料入手。我还写了不少当代作家作品的评论文章，并结集为《文学批评与比较文学》《艺术的心镜》《心影》《文心丝语》等出版。我的文学评论，重视自己对作品诗性感悟的表述，是一种与作者文心的对话，当中也不无理性的学术话语。也许，正是这种评论特点和姿态，学界有朋友认为我的批评是一种"诗性话语"，一些评论文章还称我为"诗性批评家"。

垦拓比较文艺学

1981年，我协助肖殷先生成功申报文艺学硕士点，使暨大中文系成为国内第一批获得硕士点的授权单位，创点方向是"创作理论与批评方法"。硕士点的建立，给我们提供了一个较高的学术平台。之后，随着国家改革开放政策的实施，中外文化、文学交流日多，比较文学在中国学界复兴，我有幸参与了这一历史性的学术进程，感到比较文学与文艺学在研究对象和研究目的上有若干交叉和重叠的地方，于是，我在自己的科研和研究生教学中，开启对其交叉领域的探究，寻找比较文学与文艺学的结合点，将比较文学的视野与方法引入文艺理论研究。

我"结识"比较文学，得益于我系黄轶球先生的引领。黄先生是20世纪30年代初的留欧学生，曾先后在瑞士弗里堡大学和法国巴黎大学攻读比较文学硕士、博士学位，回国后一直在大学讲授世界文学，并致力于越南文学的译介和研究。他领衔的硕士点和肖殷先生的硕士点都是最早的授权点，两个专业的课程是交叉的。黄先生为他的两个研究生定的论文题目分别是《〈娇红记〉与〈罗密欧与朱丽叶〉比较》和《〈灰栏记〉与〈高加索灰栏记〉》，他知道我在中大时曾跟王起先生进修中国古典戏曲，不止一次约我参加这两篇论文的讨论，还向我介绍比较文学的学科史和早期法国学派的主张，并且认为暨大作为一所华侨大学应有条件引入和发展比较文学研究。

1983年第一次全国性比较文学讨论会在天津召开，黄先生两位学生的论文在会上为暨大带来很好的影响。1984年我出任暨南大学中文系主任，北京大学乐黛云先生给我来函，建议在暨南大学举办第二次全国比较文学讨论会。在校领导支持下，当年11月，讨论会在暨大顺利召开，那次会议除新疆、西藏外，各省均有学者参加，从美国、法国、德国、加拿大访问回来的学者还在会上通报国际学坛的比较文学信息。由于我当时在文艺学的教学与研究正面临难以突破的困惑，比较文学的世界视野和方法给我以新的学术启示，我深感这是一个充满生机的新的学术领域，这次讨论会不仅在我心中点燃了比较文学之

"火"，也为我的文艺理论研究找到了一种新的思路：中西文学比较研究。会前，乐黛云先生曾邀我为她主编的"中国比较文学丛书"撰写一本关于中西戏剧比较的著作，我受其启发，从1984年起，个人的科研就围绕这一课题进行。1985年，我在深圳大学参加"中国比较文学学会成立大会暨首届学术讨论会"期间，曾就这一课题向杨周翰先生讨教，得到先生具体的指点和鼓励。1987—1988年，我结合自己的科研，先后为中文系硕士研究生和本科三年级学生开出"中西戏剧比较专题"和"中西戏剧比较"两门课，并在此基础上，1989年主编、出版了《中西戏剧比较教程》。该书从框架到内部观点的建立，都是"白手起家"的，从中西戏剧的起源与形成过程、戏剧观、戏剧主题、情节结构、悲喜剧诸方面阐明了中西戏剧比较的不同特质及其相互影响的历程。由于此前中西戏剧比较的研究成果十分有限，该书出版后，有学者著文称它为中西戏剧比较的"拓荒之作"，而作为国家教委"七五"教材规划项目成果，结项时也被评审专家认为具有创新性和学术价值。1990年8月，《中西戏剧比较教程》在全国首届比较文学图书评奖中获"优秀图书教材二等奖"，1992年3月获"广东省规划及省属院校自编文科优秀教材一等奖"，1992年获"国家教委第二届普通高等学校优秀教材奖"。1994年，由于学科建设的需要，我应安徽教育出版社之约，领衔与一些中青年学者合作撰写出版《中西小说比较》一书。中西小说比较研究，前人已有不少成果，但多为微观研究，该书在前人研究成果的基础上，形成自己的框架和体系，就中西小说渊源、形成过程、小说观念、小说题材与主题、人物形象与表现方法、小说结构与叙事模式、创作方法等问题，从宏观的角度做尝试性的理论探讨。1996年，暨南大学出版社出版了我的《中西文学戏剧比较论文集》（英文版，谭时霖等译）。之后，我还主编出版了《中国文学在东南亚》一书，这是国内首部从比较文学视角研究中国文学在东南亚一些主要国家传播、影响的学术著作。

20世纪八九十年代之交，随着比较文学在中国的发展，比较诗学兴起，中西比较诗学研究也成为比较文学一个新的拓展方向。1988年，在我任暨南大学副校长期间，受王元化先生之托，由暨南大学承办在广州召开全国第一次"《文心雕龙》国际研讨会"，邀请国内外著名学者前来参加，出席会议的有东西方各国《文心雕龙》的翻译家和研究者，围绕这部体大精深、极具中国特色的经典文论著作，各自交流研究成果，增进国内外文论家的了解。与会学者一致认为这是"一次成功、富有成果的研讨会"。会后由我主编出版了《文心雕龙》1988年国际研讨会论文集《文心雕龙研究荟萃》。正是由于这次会议的启示，之后，我特别关注国外有关文论成果和译作，其中美籍华人学者刘若愚的著作《中国的文学理论》给我留下深刻的印象。我进一步认识到：中西比较诗学研究与我国当代文艺学学科的发展有密切的联系，应借助它来推动文艺学内涵的更新和发展。我通过论证，在我们的文艺学硕士点增设了"文艺理论与比较文学"方向，并与香港比较文学学会合作，在省内举办两次跨界的比较文学研讨会，于1990年主编出版会议论文集《比较文学与比较美学》。1993年，在培养了多届"创作理论和批评方法"和六届"文艺理论与比较文学"硕士生的基础上，与胡经之教授一起，由我领衔成功申报了暨南大学文艺学博士点，创点方向为"比较文艺学"，这是当时长江以南第一个文艺学博士点，也是国内第一个"比较文艺学"方向的文艺学博士点。博士点招生以后，由我讲授"比较诗学"等学位课。1995年12月，暨南大学成立"比较诗学与比较文化研究中心"，学校任命我为中心主任，主编出版《思想文综》，至今已出版了十辑。

20世纪90年代以来，我主要从事中西比较文艺学研究，这是我在文艺学学科里的一种选择，这种选择是基于我对当时文艺学现状的思考及其前景的展望。我主持完成了国家教委"八五"人文、社科规划项目《中西比较文艺学》，该书于1999年出版。《中西比较文艺学》共分三编，分别以"中西文学观念比较""中西文论形态比较""中西文论范畴比较"为题，从相关范畴切入，着重对中西诗学范畴的差异性和相似性进行"体"与"质"层面上的比较研究，注重各论题自身"理论依据"的反思和说明，以跨文化的诗学立场，在中西不同的诗学体系中考察所选取的论题和范畴，为中西诗学的互识、互补，为建立更具世界性的现代文学理论探索道路。我还出版了个人的学术论文集《比较诗学》，并结合博士生的教学成果，主编出版了《比较文艺学论集》、《比较文艺学丛书》（6本）和《比较诗学丛书》（4本）。

结缘海外华文文学

由于暨南大学是我国一所历史悠久的华侨高等学府，面向海外、面向港澳台，是我校的办学特色。我在20世纪80年代中期已参与台港澳与海外华文文学的学术活动，发表了《张爱玲和张爱玲的"冷"》、《艺术的天梯——张爱玲的〈传奇〉及其他》（与黄仲文合作）和论泰国华文作家作品的系列论文，参与和组织这一领域的各种学术会议，在港澳招收硕士研究生。在上述教研实践中，我逐渐认识到海外华文文学作为一种世界性的文学现象，总是这样或那样地表现出中外文化复合的跨文化特色，与比较文学有一种不寻常的天然的学术联系，从而在学界提出和倡导比较文学视野下的海外华文文学研究，得到上海外国语大学谢天振教授的大力支持。他于1990年就撰文认同我这一思路，并在学术会议上明确指出：这一方面的研究将拓宽比较文学的领域，具有明显的学术价值。

90年代以后，在有关的国际学术研讨会上，我不断提交以海外华文文学为研究对象的比较文学论文，如1991年我参加香港作家联谊会、《香港文学》等单位在香港召开的"世界华文文学国际研讨会"时，提交的论文是《中泰文化融合与泰华文学个性》；1995年参加上海外国语大学举办的"中华文化与世界国际研讨会"时，提交的论文是《文化影响的宫廷模式——〈三国演义〉在泰国》。此文在《中国比较文学》发表后，被翻译成英文，先后刊登在新加坡《南洋学报》（1999年12月第54卷）和曹顺庆教授主编的《比较文学：东方与西方》上。为了拓展比较文艺学的边界，这些年来，我和我领衔的学术群体一直在敲叩这种世界性的汉语诗学之门，我们先从少有人问津的海外华文诗学做起，发表系列专题学术论文：《九十年代海外华文文学研究的思考》《海外华文文学的命名意义》《海外华文文学的中国意识》《海外华文文学与文化认同》《海外华文文学学科建设与方法论问题》等，引起了国内外一些学者的关注；1998年出版了《本土以外——论边缘的现代汉语文学》（与费勇合作），该书出版后在学界有很好的反响，还获得广东省社会科学优秀成果奖。在这些论文和著作中，我在1994年首次提出将海外华文文学与海外华人非母语文学"打通"研究，即开展跨语种的华人文学、诗学研究，并指导博士生做这方面的课题，我国大陆学界第一本论美国华裔英语文学的著作《西方语境的中国故事》和第一本研究澳大利亚跨语种华人文学的著作《"诗人"之"死"：一个时代的隐喻》，都是我指导的博士论文。我一直认为，对中国学者来说，开展海外华人文学中具有特殊意义的诗学问题研究，不仅是一个极具民族特色、通向世界的文论领域，也是一个比较文学视野下应该去拓展的文化诗学研究领域。为此，我先后撰写发表了《海外华文文学的新视野》《海外华文文学与比较文学》《拓展海外华文文学的诗学研究》《海外华文文学的比较文学意义》《全球语境下的海外华文文学研究》等论文，希望能为文艺学和比较文学拓展一个新的学术空间。其中《海外华文文学的新视野》于1999年获"广东省优秀社会科学研究成果奖一等奖"（论文类），《海外华文文学与比较文学》于2005年获"广东省哲学社会科学优秀研究成果奖二等奖"（论文类）。

我上述的这些看法，得到中国比较文学学会会长乐黛云先生的支持，她在1996年中国比较文学第五届年会暨国际研讨会的总结报告中就指出："海外华文文学是比较文学即将要去拓展的领域。"此后，在各届中国比较文学年会暨国际研讨会上，均设有"海外华人文学与离散文学的研究"或"异质文化中的海外华人文学"圆桌，而且成为与会海内外学者关注的一个"热点"。2003年，在香港召开的国际比较文学学会第17届年会暨国际研讨会上，还被作为中国比较文学学会20年来的学术开拓和创获之一提出来。值得一提的是，在2007年出版的《新编比较文学教程》中，"多元文化中的海外华人文学"，已作为中外文学互动的一个方面，进入这一高等学校课本，这将有助于此领域的人才培养，有可能在更大程度上显现其生机和创造力。

2002年5月，中国世界华文文学学会在暨南大学成立，我被推选为会长，历经两届八年的时间，于去年11月卸任。这些年来，我和学界同人一起，借助跨学科的互动，努力推动和促进世界华文文学研究事业的发展。2005年，我出版了个人学术论著《世界华文文学的新视野》，此书刻录了我近20年在这个领域的个人学术地图。2009年，我主编出版了国内第一本《海外华文文学教程》，现在国内已有多家大学使用这一教程。该教程的撰写和出版，是缘于学科建设的迫切和大学文学教育发展的需要，旨在为这一新兴文学研究领域的发展，特别是相关人才培养方面尽我们的一点力量。2011年，因其具有开拓性和影响，《海外华文文学教程》获广东省2008—2009年度哲学社会科学优秀成果奖二等奖（著作类）。

2011年，在中国比较文学复兴30年之际，创刊于19世纪末著名的法国《比较文学杂志》，为了让世界学坛了解中国比较文学的成就，于2011年第1期首次推出"中国专辑"，选登了14位中国学者的学术论文，其中也刊登了我的论文《全球语境下的海外华文文学研究》（英文版）。与此同时，国内学界为系统回顾新时期以来中国比较文学学科发展的历史，总结学科理论的推进、学术领域拓展的经验，谢天振、陈思和、宋炳辉三位教授主编出版"当代中国比较文学研究文库"（14本），当中有我的论文集《比较文学与海外华文文学》。另，我的《华文流散文学论集》（英译本，蒲若茜等译），也于2011年5月由复旦大学出版社出版。

喜逢澳门文学

正是从文艺学的学科意识出发，在比较文学跨文化视野的引领下，我在海外华文文学、诗学研究的同时，自20世纪90年代始，就注意到我国澳门地区文化、文学的特殊性，并把它作为自己的一个研究对象给予关注，撰写了有关澳门文化、文学的系列论文，还为澳门半岛培养了三位比较文艺学博士和五位硕士，他们现在都是澳门知名的作家、批评家和学者，他们以自己的文学实践和教学、研究成果从不同方面推动了澳门文学的研究，其中有两位于2005年和2006年先后获澳门特别行政区政府颁发的"文化功绩勋章"。

20世纪80年代中期我应澳门语文学会的邀请,第一次到澳门做文学交流,澳门岛上中外人文交汇共生的奇异景观给我留下了深刻的印象。之后,我曾多次受《澳门日报》、澳门基金会、澳门笔会、澳门大学、澳门中华诗词学会、澳门比较文学学会等多个单位的邀请,到澳门做学术演讲,参与澳门的各种文学、文化和学术活动,认识了澳门文学界的作家、诗人和文化界的不少朋友,阅读他们的著作,借助他们的提示,逐步走进澳门的历史和文化,我越来越认识到澳门作为中国的一个地区,由于历史独特,400多年前,它就被推到东西文化交流的前沿,成为中西文化交汇的中介,是中国人了解西方、西方人了解中国的第一个窗口,在历史上东西方物质文明和精神文明交流过程中起着重要的作用,具有"小地区、大文化"的特点,其所蕴含的文化学术命题的价值和意义,是世界上任何一个地区所不能取代的,从而诱发了我对澳门文化、文学研究的兴趣。1987年,国务院学位办和教育部批准暨南大学率先在港澳台招收兼读制研究生,并于1989年开始招生。作为一位对澳门有文缘、情缘的岛外学者,一开始我就选择在澳门招收文艺学硕士生,指导他们开展对澳门文学的研究,我们的博士点建立以后,我又在澳门招收比较文艺学博士生。20多年来,我对澳门文学的关注和研究,是和我在澳门招收研究生这一高学位教学工作密切联系在一起的。

跟我攻读硕士、博士学位的澳门研究生,除个别因他们在入学前已有某方面的学术旨趣和积累外,我都鼓励他们研究澳门文化、文学的特殊生态，选择撰写有关澳门文学的论文，而他们也都有在这块园地耕耘和寻求突破的决心，先后写出了为澳门文学研究"补白"的论文。以我早期指导的两篇硕士论文《论澳门女性文学》和《论澳门"土生文学"及其文化价值》为例：前者是澳门学坛上第一篇全面论述当地女性文学的长篇论文。此前，澳门的女性文学研究，无论是岛内还是岛外，都是一个空白。该文对20世纪澳门女作家及其文学创作活动，进行历史的追索和跟踪研究，掌握了许多第一手资料，并对其做出整体性透视和历史评价，同内地、香港的女作家创作进行比较，展现澳门女性文学在历史发展和文学创作上的特殊性，被澳门学坛称为澳门女性文学研究"第一篇"；后者则是研究澳门"土生文学"的第一个成果，具有开拓性和文化、学术价值。据文献显示，19世纪就已有澳门"土生"歌谣出现，20世纪40年代以后，在澳门"土生"族群中出现了一批有影响的作家和诗人，他们的作品是澳门华洋杂处、中西融合的精神产物，极具澳门特色。但因语言和文化的阻隔，未引起澳门学界的关注和研究。该文为澳门文学研究开了一个新的"口"，引起了岛内外学者和欧洲特别是葡萄牙比较文学学界的关注。现在，澳门"土生文学"作为澳门文学的"成员"之一，已广为人知。

20多年来，我正是在与澳门文学界朋友多种形式的互动、对话中，日益走近和关注澳门文学，撰写了系列的学术论文和文学评论，还应邀为岛上作家、诗人写了不少书序，其中《澳门文化两题》《澳门文化的历史坐标及其未来意义》、《文学的澳门与澳门的文学》（与费勇合作）、《"根"的追寻：澳门"土生"文学一个难解的情结》《从澳门文化看澳门文学》等论文，其中有三篇被收进具有文献意义的《澳门人文社会科学研究文选》。2008年，中国社会科学出版社出版了我和我学生合著的《边缘的解读——澳门文学论稿》一书。我的学术成果曾先后获首届澳门人文社会科学研究优秀成果评奖一等奖（论文类）和第二届澳门人文社会科学研究优秀成果评奖二等奖（著作类）。

回顾自己50年走过的学术道路，无论是从文艺学到中西比较文艺学，还是从比较文学到海外华文文学、诗学，以及澳门的区域文学研究，在学术理念上，都有一个共同的特点，那就是：重视从理论上研究不同文化相遇、碰撞和融合的文学现象、文艺问题，关注中外文化的对话和不同文化之间的相互诠释。而这一方面是发自我文艺学学科"根"部的理论意识，另一方面是得益于比较文学视野与方法的启迪，从中我体验到跨学科研究的那种不可名状的勃发生命力。2011年7月，为了进一步繁荣社会科学，推动学术创新，广东省人民政府表彰首届"优秀社会科学家"（16位），我有幸名列其中。

回顾自己50年走过的学术道路，我非常感念，在我步入学坛之初，得到诸位名师的指导，正是他们的言传身教，培育了我的一颗学术之心；我也非常庆幸，在改革开放初期，有缘遇到了一片可耕耘的"土地"。历经近30年岁月的磨炼，蓦然回首，已有了一些和着自己心血的成果；培养了数十名硕士和

53名博士，在内心深处与他们有了不可分离的情感，这对我来说，无疑更是一种缘分。岁月无情，我虽已进入古稀之年，但依然珍惜这个"缘"，愿意尽自己所能，不断地去续这个"缘"！

（原载《社会科学战线》2011年第12期）

第二辑

花到深处更知香

回忆我的外祖父

外祖父离开我们已整整34个年头了，时间并没有冲淡我儿时的记忆，他老人家的音容笑貌，他指导我们读书和练习书法时的情景，至今仍历历在目。很久以来，我就想写一篇纪念他老人家的文章，之所以迟迟未能提笔，一是因为忙，另一是感到这样的文章就是写出来，也很难找到合适的发表园地。新近得知《韩江》编辑部将出纪念外祖父的专辑，并约我撰写文章，内心充满喜悦和谢意，欣然命笔。

外祖父的知识领域广阔，在教育界活动时间长，诗作很多，我童年时候的记忆，我从父辈口中听到的一些事情，都只是他一生的点滴，远不能概括他的生平，要为他作传，得做大量的调查研究，在目前恐怕还没有人能够做到。在这里，我只能把我所知道的、所认识的，以及后来从长辈那里听到的，记录下来，借以表达我对他老人家的悼念和敬意。

外祖父戴仙俦，又名贞素，字祺孙，笔名贝丝，潮安县归湖乡溪口村人。戴家世代书香门第，他的祖父戴介圃是清朝举人，父亲戴漉巾是潮州有名的"三布衣"之一，善诗词，又长于文藻，著有《归来堂诗稿》。外祖父是清朝末科秀才，能诗，能词，而且擅长书法，有很深的古文学根底，对新文学也十分支持，是潮汕一带知名的文人和书法家。他中秀才时只有17岁，当时主考官是著名词人朱孝臧（朱祖谋），十分赏识他的辞章，曾亲笔书赠一对联，这对联一直挂在外祖父潮州城内的住家"双柑书屋"的客厅，解放后遗失。外祖父一生从事教育工作，他自己年轻时读的是私塾的"老书"，又是科举出身，但教育思想并不保守，他常说自己是从"旧垒"中来，深知老式教育的弊端，故更向往新的教育。清王朝倒台以后，他曾离开家乡到北京去上大学，渴望深造，后因曾祖婆生病，打电报催促他回家，才不得不中途辍学。当时潮安县城有几家新学校：城南小学、城北小学和德小学。城南小学是潮州的名牌学校，教师都是当地有名望的知识分子，外祖父从北京回潮后就执教于城南小学，后来又受聘于韩山师范学校、金山中学和潮安县中，在几家学校担任语文教师。他知识渊博，讲课生动、透彻，对学生有如自己子女，所以深受学生的欢迎和爱戴。

外祖父是清朝秀才，既通晓经史，又精于诗词，文学修养和艺术鉴识能力极高，朋友相聚，常常相从赋诗，有许多触景兴怀、吊古伤今之作。青年时期离家北上求学，身在旅中，写了不少旅思离情的佳作，这些诗歌，有的乐观，有的悲凉，感情都极强烈、真挚。后来在潮州各学校从教，也常以诗文抒发情怀，在他自编的《听鹃楼诗草》中，就有相当多的惜别、赠答、怀旧的动人诗篇。他早期的诗作匀净淡薄，意境清新，感情的表达十分熨帖细腻。1939年日寇侵占潮州城，外祖父带一家老小回归湖乡溪口村避难，县中校址也从潮州西湖迁至归湖乡虎廊村，外祖父就在县中任教。他面对强敌压境的时局，受着精神上和物质上的双重痛苦，对祖国的安危始终念念于怀。据我表哥张慥子的回忆，有一天，他在给县中学生讲宋代诗人陆游作品的时候，板书了一段作者简介："放翁以爱国诗人，目击陆沉之痛，每感触时事，则托之以诗，慷慨缠绵，使人落新亭之泪，闻鸡起舞，何地无人，言之殊堪扼腕矣。"既赞颂了陆游的爱国思想，也反映出他在抗日战争时期对祖国半壁河山陆沉的悲痛。这一时期，他所写的诗文大都是充满敌忾情绪，表现出他忧国忧民的爱国精神，如他当时为县中所写的校歌歌词："轰、轰、轰，看拔剑横空，铁马秋风。……愿努力齐奋勇，还我河山胆气雄。还我河山胆气雄，湖山碧、湖水溶，愿努力，齐奋勇，重临胜地，发扬我县中。"气势雄浑，教育学生为收复失地而奋斗，流露出收复祖国美好河山的憧憬。又如他1941年所作的《鉴湖女侠》一文，该文的首段是："鉴湖女侠秋瑾，小好读书，攻诗文词，尤为好剑侠，习骑马，慕花木兰之为人。"寥寥数十字，简练地概括了秋瑾烈士少时的情况，指出秋瑾的爱国主义思想与革命实践是自幼培养起来的，形象地对年青一代进行爱国主义教育。可惜由于战乱，这些诗文，多数散轶，难以结集。

外祖父身为秀才，但他的文艺思想并不陈旧，而是跟着时代的潮流前进。1923年秋天，许美勋先生在《大岭东报》上发表文章，倡议在潮汕组织新文学团体，以推动当地的新文艺运动，得到省内潮籍文化人的响应，不久，就在汕头成立新文学社团——火焰社，并在《大岭东报》上办了一个《火焰周刊》，刊登新文学作品，外祖父对他们非常称赏，还亲自为该刊的刊头题字表示支持。不仅如此，他自己还以"贝丝"的笔名，在潮安和汕头的报刊上发表新诗和散文。据我父亲的回忆，他写的新诗和散文多为抒情性作品，情调清新，幽婉细腻，在风格上和他早期写的旧体诗词是一致的。

在潮汕一带，外祖父的书法是远近闻名的。他的墨迹流布很广，近如潮汕、港澳，远至津沪及南洋各埠。潮州西湖葫芦山至今仍有他老人家的遗墨。外祖父写字，不大讲究笔，往往是感情所至，提笔就写，一挥而就。他常对我们说："字写得好坏不在于笔，而在于神。"他的写字，实际上是一种艺术创作。他是诗人，所写的对联、条幅都很有诗意，而且常常出新，从内容到形式都有自己的创造，寄托着自己特定的思想感情。1950年春节前，我们住的双柑书屋的客厅要换新的条幅，那是解放后的第一个春节，他老人家十分兴奋，让我们小孩子磨墨，在院子里摆开八仙桌，把黄色虎皮笺摊在桌上，满怀激情地写上："光阴流转须努力，儿女青红又新春。"当时在旁边看他写字的有我们表兄弟姐妹五人，除我弟弟还在小学念书外，我们四个都是中学生，这两句诗既是他老人家对现实的感受，也是他对孙儿辈的勉励和期望。这一条幅至今仍挂在我表哥戴抗的客厅里，我已把它拍成照片送给《韩江》编辑部。我们平时练习大楷，常请他老人家写帖子，虽是小孩的事情，他也从不马虎应付，而是根据我们每个人的特点来写。有一次，他在写字，我和弟弟湖生请他给我们写个帖，他拿起十六格的大楷纸，随即写上："芃子好哭，湖生贪玩，都要改正，芃子湖生。"我们说："阿公把我们的缺点都写在帖上，我们写的字是要交给老师看的，多不好！"他笑着回答："知道不好，以后改正，就好了。"他待人随和，老少都合得来，不管是什么职业，只要是好学的人，来向他求教，无不畅谈尽欢，对于书法好的学生，更是爱惜，细心给予指导，如待自己儿孙一般。

外祖父为人正直，不畏权贵，不慕虚荣。他在旧社会生活了半个多世纪，遇过不少的"风浪"，却从不低眉折腰。他的学生众多，当官的也有，曾不止一次来请他出任县里的文教官员，他都一概谢绝，乐于当一名"布衣"，一个普通的教育工作者。我舅父戴平万在大革命时期参加共产党，1926年回潮州时，曾在大街上做有关马克思主义的演讲，后来因国民党叛变革命，迫害和屠杀革命者，不能回潮，在上海参加左翼文艺运动，是左联时期有过一定影响的作家，1940年到苏北根据地，1945年春在根据地去世。外祖父对此全无怨言，但他毕竟是一位重视精神生活、富于感情的文化人，舅父是他唯一的男孩子，长期离别，精神上和感情上的负荷是沉重的，而在国民党统治下，这种感情是无处诉说的，所以他常常在诗歌中借景抒情，表达自己在离乱中的情思。下面，是他在溪口避难时作的两首词：

愁，朝雨声声意未休，思往事，无复梦温柔。

歌，断续声中意若何，情凄切，楼上泣娇娥。

（《十六字令》）

中元回首伤心地，花似依然，鸟似依然，过眼风云五十年。

节中听雨如秋夜，愁也无边，恨也无边，日暮情知更可怜。

（《采桑子》）

这两首词都很伤感，当时正是抗日战争最艰苦的时期，他的内心蓄满了国破子离的痛苦，词为心声，他只能这样吟唱和叹息。

外祖父非常关心儿孙们的文化生活，我们小时他常给我们讲诗词，教我们背诵唐诗，包括《长恨歌》《琵琶行》那样的长诗。抗日战争时期，我们在溪口避难，农村没有什么文娱活动，当时大表姐戴繁枝在县中读书，放假回来，就组织我们自编自演一些"小话剧"，孩子们都当了"演员"，家里的长辈就成为我们的观众。外祖父也不例外，他不但看演"戏"，还给我们出点子，有时候孩子们在分配角色上有矛盾，他还出面调解。此外，他常常在节日和假日带我们去登山，给我们讲故事，讲历史，也讲笑话，我们都愿意听。现在回想起来，他讲的故事和笑话都寓有不同程度的人生哲理，能给我们启迪，真称得上"寓教于乐"。他不但关心我们，在学习上对我们的要求也很严格。记得我念初二时，在课堂上写一篇作文《秋》，模仿一名篇的写法，得到高分，非常高兴，回家后拿给他老人家看，他看后说："文章写得不错，但模仿痕迹明显，不应得这么高的分数。"又说："好的文章都有自己的发现和创造，不要只是模仿，要学习名家的创新精神。"有一次，我根据教师命题的要求，写了一篇作文《雨》，描述自己在路上遇雨的情景和感受，拿给他看，他看了高兴地说："这才是你自己的文章！"还乐呵呵地跟我开玩笑："如果你将来成为作家，这一篇可以收进你的集子。"我弟弟读小学时太贪玩，学习成绩不好，考初中时却名列前茅，我们去看榜回来，都很高兴，吵着要他老人家赶快带弟弟到一中注册，他却说名次与他平时成绩差距太大，等去查考生照片，看看是不是搞错了。后来知道弟弟入学时数学考了一百分，榜上的名次没有错，才带他去注册，注册后还领弟弟到河头吃一碗饺子，表示奖励。从此弟弟专心学习，成绩直线上升，高中毕业后考上北京大学。现在我们都长大成人，这些年来，我们在一起，回忆自己的成长过程，都很感激外祖父对我们的培养和教育。

几十年过去了，多少事情，都像过眼云烟一样，为我所遗忘，但外祖父的形象，却始终保留在我的脑海里，不需要我去想起，我永远不会忘记。

（原载《艺术的心镜》，饶芃子著，暨南大学出版社1993年）

外祖母旧事

我自幼在外祖母身边成长，她老人家是我孩提时代的第一位良师。

外祖母不会写字，从我记事的时候起，就没有见过她写字，可是外祖母认得字，会读书、看书。记得我七八岁时，念小学二三年级的时候，夏天的下午，在外祖父祖屋敦本堂下厅最凉快的地方，她常和一些同辈的姓妯娌在那里读当时妇女中流行的弹词，我放学回来，也搬一个小板凳坐在她身边听，外祖母用一种近乎讲唱的语调慢慢地读，声音十分悦耳，到现在我还记得她所读的清代女诗人陶贞怀、陈端生作的《天雨花》和《再生缘》，前者是讲明末东林党人左维明、左仪贞父女勇斗奸臣魏忠贤的故事，后者是写元代皇甫少华和孟丽君的婚姻爱情，情节都十分曲折，特别是孟丽君女扮男装上京考试的情节，我听了很是感动，久久不能忘怀。外祖母也看古典小说，我曾在她的针线筐里看到过《石头记》和《聊斋》，那是她闲时独自一个人的时候看的。她没有给我讲过宝黛的爱情故事，但夏天夜晚在院子里乘凉时，曾多次教我背林黛玉的《葬花词》，所以我很小就会背诵这首长诗，虽然当时对诗的内容并不理解。

外祖母很少给我们小孩子讲故事，在我的记忆里，她只给我讲过两个与佛教有关的小故事，都是劝人行善的。但她常和我们讲她小时在娘家的事。她说他们庄家是潮安城儌伙巷内一个世代书香的大家庭，祖上有人做官，后来不知为什么就弃政从学，父亲是一个饱读诗书的儒生，有九个孩子，八个是男孩，只有她一个女儿，所以父母亲十分疼爱她，给她取了个小名叫"参汤"，喻其贵重如人参，稍大些才有个正名叫"娥仙"。她有七个哥哥、一个弟弟，哥哥和弟弟都很小就进私塾念书，按当时的风俗，"女子无才便是德"，所以没叫她读书，因是生长在诗书之家，故认得一些字。小时她和八弟最好，常在一起玩，八弟还和她一起认字，告诉她私塾里的许多事情。不幸的是，在她十几岁的时候，潮安县城发生大瘟疫（鼠疫），一下子就夺去了她母亲、两个哥哥和小弟弟的生命，她自己也染上疫症，因此前已和我外祖父戴仙俦定了亲，戴家在潮安县归湖乡溪口村居住，离城较远，没有疫事，曾外祖父得知后，就派人用船把她接到溪口医治，竟侥幸医好了。虽然这些已是很多年前的事，但外祖母在讲述这一切的时候，我觉察到，透过历史的烟尘，仍有一种甜蜜而又酸楚的感觉在她心中涌动。

抗战胜利后，外祖父一家搬回潮安县城双柑书屋居住，每年春节，我们几个小孩子都跟外祖母到儌伙巷向还健在的大老舅、四老舅拜年，二位老舅虽已是七八十岁的人，但每次见外祖母率领儿孙们到来，都十分高兴，亲自安排一切，把我们这些小孩子也当作"贵宾"，让家人拿出最好的东西来给我们吃，还带我们屋里屋外四处游玩。我终于亲自见证了庄家"三进"大屋之大，还有大老舅住的书斋、四老舅作画的画馆。大表姐是我们中最大的，私下跟我们说，抗战前她曾跟外祖母到傢伙巷拜年，那时的庄家，不但屋子大，装饰气派，厅堂的摆设也雅致有序，不像现在这般陈旧、杂乱。可见，在潮安城沦陷期间，这个大家族也遭到很大的破坏。

在封建社会，大户人家的男女婚姻，多是出于双方家族利益的权衡，讲究"门当户对""父母之命，媒妁之言"。外祖母和外祖父的结合，虽然也是"门当户对""父母之命"，却有他们很特殊的文化背景和缘分。听我姨妈说，外祖母的父亲学问渊博，外祖父是他的入门弟子，因他本性聪慧，诗文特别优秀，庄老先生十分喜欢、器重这个年少弟子。曾外祖父戴清源，又名戴瀗巾，是潮汕一带颇有文名的"三布衣"之一，深知庄老先生的学问、家教，听说庄家有一女儿，与外祖父同庚，就请人前往求婚，得到庄老先生的允诺，很快就定下了这门亲事。此前，外祖母并未见过外祖父，直至潮安县城发生瘟疫，外祖母来溪口治病，两人才有机会见面，并且彼此有很好的印象。外祖母病愈后回家不久，双方家长就为他们举行了隆重的婚礼，那时外祖父母都是16岁。因他俩婚前已相识，结婚时并不陌生，婚后感情一直很好。后来，外祖父在庄老先生这位大学问家的栽培下，17岁就中了秀才，因文章写得特别好，得到当时的主考官朱祖谋的赏识，亲自书一对联奖励他。

外祖父性格开朗，幽默、乐观，能诗善文，是典型的文人，他曾先后受聘于韩山师范学校、金山中学和潮安县中教高年级的语文，深受学生欢迎，他还是潮汕一带著名的书法家，所以一年到头都在忙于学事、文事，家里的事情都是外祖母在操持。他们共育有一子二女，舅父最大，接着是姨妈，我母亲最小。外祖父虽是清末秀才，却很早就接受资产阶级民主主义思想的影响，给三个孩子起的小名分别是均（平均）、民（民主）、权（权利）。据潮汕第一个新文学团体"火焰社"发起人许美勋先生的回忆，外祖父母思想开明，不重男轻女，三个孩子都送到潮安最好的学校金山中学接受教育，还根据各人的兴趣、性格，请老师教他们中乐或西乐，一家人过着有滋有味的生活。

20世纪二三十年代，先是舅父大学毕业后投身革命，接着是姨妈出嫁，我父母亲也在舅父影响下先后离家参加抗战和救亡工作，家中第二代人都在外面，而舅父的三个儿女、姨妈的一个孩子，还有我和弟弟，却都留在外祖母身边。外祖母禀性温和善良，心地慈祥，而且乐于助人。在潮安县城沦陷前夕，敦本堂曾经接待过一批又一批路经溪口到别处避难的亲友，有的家庭孩子多，一时找不到合适的地方落脚，在敦本堂住的时间还比较长，外祖母自始至终是热情地接待。她对自己的这些孙子、孙女就更是呵护、关怀，照顾无微不至。我们表兄弟姐妹六人，在家里就是一个孩子小分队，总有人要做错点什么事，如打破家中贵重的东西等，她虽心疼，但从不大声责骂我们，只是跟我们说一番小孩子玩耍要有"度"，要懂得惜物、爱物一类的话。外祖父也很疼爱孙子、孙女，在他那里，从来没有内孙、外孙，男孙、女孙的分别。抗战期间，我们在溪口避难，外祖父跟着潮安县中，迁到同一区的虎廊村，虽离溪口不远，但不能天天回来，一周只回家一次，那时生活比较艰苦，但只要外祖父回来，家里就有了笑声，他常给我们讲各种幽默的笑话和小故事，那是我们小时候的精神盛宴。

无论是在溪口还是在潮安县城居住，外祖母上街、探亲或到庙里上香，身边都有我们这些小孩子簇拥着她。她乐善好施，对需要帮助的人，出手非常大方，还经常教导我们要同情弱者、残者、贫穷者。她常说"有东西可以给人，是我们的福气"，"对人好就等于对自己好"。据我所知，受过她帮助的人并非个个都能感恩，但她从来不怪罪人家，她说给人帮助不是为了回报，他记不记得是一种德行，与自己对他们的帮助无关，所以她总是自觉地去做各种各样的善事，但对一些违背祖德和有损公众利益的行为，她却从不含糊，有时态度还很决绝。外祖父的一个侄孙是个赌徒，在我很小的时候，有一次，赌输了钱，趁外祖父不在家，到敦本堂的大厅上用枪对着外祖母，逼她同意卖掉戴家祖上的部分产业，外祖母坐在椅子上，头也不抬，照样做着自己手里的针线活，那人最终没有达到目的。此事在家族内部一直传为美谈。回想外祖母的这种人生态度，说她有什么崇高的理想，她确实没有，但她却有自己待人处事的准则，在各种不同的环境里，她都没有改变自己的准则。

外祖母最重的一桩心事，是常常担心在外参加革命的舅父的安全。我舅父戴平万是外祖父母唯一的男孩子，他自幼聪明好学，智慧过人，是广东省立潮州中学（金山中学前身）最优秀的学生之一，1922年中学毕业，同年考上大学，1926年在中山大学西语系毕业后投身革命。因大革命时舅父曾回潮州做公开讲演，宣传马克思主义，在国民党统治的白色恐怖时代，他再也无法回乡。1927年潮汕"七日红"期间，舅父在上海听到起义军进入潮汕的消息，十分兴奋，立刻乘船回潮，但在途中就得知起义军已撤出潮汕，而人在船上，已无法返回上海，登岸以后，回不了潮州家中，只好绕道到潮安县东乡红砂寮村，匿居在他的朋友洪灵菲家中，让人带信到潮州，外祖母得知后，忙装扮成农妇，乘轿赶到红砂寮村和舅父见面。因当时政治环境极其恶劣，她怕特务盯梢，只过了一个晚上，就匆匆回来，但万万没有想到，那次见面竟成了永诀。舅父早期写的书信体小说《出路》，就是取材这次回潮的遭遇，作品中写政治形势的突变、避难农村的险境、母子相见时唤起的种种感情思绪，都是他自己亲身的经历和体验。之后，舅父在上海参加左翼文学运动，并有多本小说和译作问世，是左联筹备小组十二个成员之一，也是左联时期知名的作家。抗日战争爆发后，在上海"孤岛"，舅父是地下党的组织者之一。在这段时间，外祖母曾两度变卖自己的首饰，把钱寄到上海支持他的工作。30年代末，表姨妈从上海回潮探亲，舅父卖掉了自己一本书的版权，买了两块衣料和其他一些日用品，托她捎给外祖母。1940年，他受党的派遣，离开上海到苏北老解放区工作，在苏中区担任党委宣传部部长兼党校校长，1945年初在根据地去世，那时舅父才42岁。由于1940年以后，家中得不到舅父的任何信息，外祖母很为他的安全担忧，记得抗战胜利前不久，有一天清晨，外祖母告诉我们，说她做了一个梦，梦见舅父来和她告别，她从梦中哭醒过来。她一直认为这是上天给她的一种"暗示"。若干年以后，当她得知舅父去世的确切消息时，反而显得较为平静，只是流着眼泪说："他走的是一条艰难坎坷的路，这是他命里注定的。"

外祖母于1983年3月8日仙逝，享年98岁。她一生经历了许多大事，还有各种不为人知的情感撞击，但始终是那么安详、雍容和矜持，她心中应有一种无形的定力，也许就是她常说的："平生不做亏心事，半夜敲门心不惊！"她认为她一辈子所做的事，都是对得起人，也是对得起自己的，所以她富有时是这样，不富有的时候也是这样。她爱儿孙，但她从来对我们没有要求。1953年我考上中山大学时，外祖父已逝世两年，家里的经济生活已和从前大不一样，临别时，她从箱子里找出一件她穿过的黑缎子面细毛里子的短皮袄、一件我母亲留在她那里的花布旗袍，包了起来递给我，说需要时也许可以请人改着穿。还再三叮嘱我："一个人在外，碰到困难不要只想一头，要想去想回来。"又说："只要自己心定，没有过不了的坎。"她老人家说的这些话虽然平白，却非常辩证，有哲理性，她的这种对人生的达观态度，对我的人生观有很大的影响，可以说是影响了我的一生。

（原载《作品》2007年第11期）

缅怀舅父戴平万

　　我的舅父戴平万，1926年毕业于国立广东高等师范学校西语系（中山大学前身），因为他在大学毕业前就已参加中国共产党，大革命高潮时曾回潮州做公开讲演，热情宣传马克思主义，后来，政局变化，白色恐怖严重，他就再也不能回家，所以我从未见过他。但小时候，我常听外祖母讲他青少年的故事，知道他自幼好学，聪慧过人，喜欢文学，中学时就已读了许多中外文学名著，写诗填词，也很有灵气。由于客观政治环境的关系，家中长辈对他参加革命一事却从未提及，所以在我们诸表兄弟姐妹中，他是我们童年的楷模，但他的从不归家也成为我们心中一个解不开的谜。

　　1949年潮州解放以后，宣传队敲锣打鼓来总兵巷外祖父家挂光荣灯，我才从舅妈口中知道一些舅父参加革命前后的简况，而对他的文学创作和在革命文学运动中的贡献，家乡的人并不知道，我也从未听说过。1953年，我考入中山大学中文系，听我父亲抗战时的好友杨樾叔叔说，广东省文教战线的领导杜国庠厅长在打听戴平万的后人，说戴平万是上海左联时期有影响的作家，发表过《陆阿六》等系列小说，还有译作和论著问世，但我在中大图书馆向学生开放的书库中没有查阅到有关他的资料。1980年，我在《文学评论》第2期上读到著名剧作家夏衍写的纪念左联成立50周年的回忆文章，他在回忆左联成立前后的情况时，特别提到1929年4月，他在上海和戴平万等一起参加筹备成立左联工作，戴平万是左联的十二个筹委之一。他在文中还说：1930年3月2日左联成立大会召开前一天，是他和戴平万等四人，从北四川路到窦乐安路的交界，进"艺大"检查会场的布置和安全保卫工作情况。此外，在1980年第4期的《新文学史料》上，长篇小说《红日》的作者吴强写的《新四军文艺活动回忆》一文中，也回忆了1940年戴平万在苏北鲁艺执教和党校任副校长时给他留下的良好印象，还描述了1945年戴平万在根据地溺水去世的情景，字里行间不无敬佩和惋惜之情。从这些信息里，我才逐渐了解到舅父在20世纪三四十年代革命文学运动中的贡献。

之后不久，中国社会科学院文学研究所张大明先生听说我是戴平万的外甥女，给我来信，告知他们所承担的国家"六五"社科基金重点项目《中国现代作家研究资料丛书》中，有一个子项目"戴平万研究"，希望我能承担这一子项目。他在信中说："戴平万是左联时期一位有相当影响的作家，不能让他长期空白下去，应该通过搜集、整理有关他的研究资料，为这一时期的文学史补上一笔。"我认为这是我了解舅父文学人生和革命历史的一个极好机遇，但因其是现代文学史上的一个空白点，就必须做大量的调查研究工作，在时间和精力上都不是我一个人能够承受的，内心十分矛盾。我把这一信息和自己的想法告诉系里担任中国现代文学史课的黄仲文老师，他认为这是一个很有意义的课题，表示愿意和我合作，一起搜集、研究戴平万的资料和作品，共同承担社科院文学所的这个子项目。于是，我们利用课余时间和寒暑假，从南到北展开调查，通过对舅父不同历史时期的同事、朋友的采访笔录，梳节核实，了解他在政治环境比较复杂时所使用的几种笔名，如平万、万叶、岳昭、君博、庄错等，在各地图书馆查找他的作品，对他的生平和作品资料按编年史系统整理，努力还原他的历史面目。

在这个过程中，我们得到许多当年和他一起工作的老作家、老同志的关怀和帮助，王元化、蒋天佑、蒋锡金、肖岱、唐康、秦静等舅父生前的战友为我们提供了许多不为人知的资料。由于当时还没有电子工具，有些杂志因原来纸质不好，存放时间太长，有关单位不让拍照和复印，一切都靠手抄，工作量极大。在上海调研时，有些史料因为未经过整理甄别，还没有向读者开放。经王元化先生鼎力帮助，亲自给上海图书馆、徐家汇图书馆等文化单位打电话推荐，有关部门都为我们提供各种方便条件，使我们能够阅读、抄录和复印到他的绝大部分作品。如舅父在1928—1930年先后发表于《太阳月刊》《我们月刊》《新流月报》《拓荒者》《海风周报》上的20多篇小说和译文，还有散见于其他报刊上的散文随笔、文学评论和学术文章。我们还搜集到他这一时期出版的短篇小说集《出路》《都市之夜》《陆阿六》、中篇小说《前夜》、译作《求真者》（辛克莱著）和理论著作《俄罗斯的文学》，只有中篇小说《荔清》，至今未能找到。后来，我们还得到中山大学金钦俊教授的帮助，在中大书库里找到他1941年2月在上海光明书局出版的短篇小说集《苦菜》，这也是他生前出版的最后一个小说集。

正是在许多革命老前辈和有关文化部门专家、文友的支持帮助下，我们在搜集到大量资料的基础上，编写出《戴平万年谱》《回忆戴平万》《专家学者评论戴平万的创作》《戴平万文学著译目录》《戴平万未结集文章选录》等资料；撰写了《戴平万的生平和创作》《三十年代"左联"作家戴平万》和《戴平万的一段文学活动》（主要是介绍戴平万在上海"孤岛"的文学活动）；还在原版《苦菜》所收六篇作品基础上，加上我们后来搜集到的同时期的九篇作品，编辑了新版《苦菜》。1983年，我们按时完成中国社会科学院文学研究所委托的这个子项目，验收时，张大明先生对我们的成果有很好的评价，认为我们的研究"填补了中国现代文学史上的一个空白"。我们的研究成果后来结集为《戴平万研究》一书，于2000年由汕头大学出版社出版。我们编辑的新版《苦菜》，也在此前由海峡文艺出版社于1992年出版。

在这一项目的调查和研究过程中，有几位老前辈的访谈给我留下特别深刻的印象：首先是与王元化先生的访谈。他在访谈中深情地回忆了上海"孤岛"时期与舅父的一段不同寻常的文缘。他说那时自己还是一个20岁的文学青年，写了一篇近乎处女作的论文《鲁迅与尼采》，舅父看了，却十分称赏，将其刊登于《新中国文艺丛刊》第三辑上，还在编后记中特别写了一段嘉奖他有严正治学精神的话语。对此，他一直铭记在心！他认为舅父是一位很提携年轻人、学养丰厚的人。再就是舅父中学、大学的同窗好友洪灵菲烈士的夫人秦静阿姨，还有舅父在上海"孤岛"时期地下党战友、原浙江省文联主席林淡秋老前辈的夫人唐康阿姨，前者很早就认识我舅父和舅妈，两家人还曾住在一起，有很深的友谊；后者曾是舅父在上海地下党工作时的交通员，她们接受我采访时，都通过不同的具体事例，谈到舅父的儒雅、谦逊，他的诗人气质，以及待人的热情和坦诚，对他的文学修养、学养极其钦佩！这使我联想到戴家几代人的诗书传统，舅父虽然年轻时就参加革命，但家学渊源的文化基因还是在他身上得到承传和发扬。

此外，1982年我们在与王元化先生和唐康阿姨先后的访谈中，他们都提到林淡秋老前辈生前告诉过他们：戴平万曾被党派往东北从事抗日救亡活动，一度任当时中共满洲省委书记刘少奇的秘书。但我们在后来的调查中，未曾找到佐证此事的有关史料，所以在编写《戴平万年谱》时，只通过他们的回忆间接转述，对他参加东北抗日救亡活动情况也因不了解而未能展现。对此，我一直存有憾感。去年，从作家出版社出版、潮州市社科联和市委党史办联合编写的《左联潮州六杰》一书中，看到有关20世纪30年代舅父在东北从事抗日救亡活动的详细记述，包括舅父"曾任满洲省委书记刘少奇的秘书"，后"任哈尔滨地下总工会（中共满洲省委）宣传部长"，与时任省委书记兼组织部长罗登贤、省委女工部长赵一曼"共同领导东北地区的工人运动和反日罢工，共同创建东北抗日联军"。这是该书编著者搜集到的重要资料，十分可贵，它为我们著的《戴平万研究》填补了一个空白的"点"。但书中所写舅父赴东北时间是"1930年至1934年间"，比较笼统，根据我舅妈（戴平万夫人）的回忆，舅父是1932年农历端午节后被党派到东北参加抗日救亡工作，1934年遭日本人驱逐返回上海。但因上述书中所用资料未注明出处，故难以做进一步查证。

岁月不居，生命有涯，舅父离开人世已经67年，他逝世时只有42岁，在他短短的一生中，有一半的时间是在血与火的斗争中度过的。众所周知，20世纪20年代的中国左翼文艺运动，被史家称为"中国现代文学史上最光辉的一页"（贾植芳语）。作为左联最早的盟员之一，舅父的文学思想和创作主要属于这个时期，他还参与了左联组织的许多文学活动，左联十年是他创作最旺盛的时期，他的重要文学作品都是在这段时间创作和发表的。但他的文学影响和贡献并不限于左联，在抗战时期的上海"孤岛"，作为上海地下党"文委"的领导者之一，他也一直战斗在最前线，是一位在"孤岛"抗战文学中颇有影响的作家。而且从近期新展现出来的有关资料看，他还是东北地区工人运动的领导者和先驱之一，曾为东北抗日武装的创建和发展做出重要贡献。他最后在上海"孤岛"时期出版的短篇小说集《苦菜》，收入该书的作品，都是取材于九一八事变后东北人民的生活和斗争，无论在思想深度和艺术造诣上，均标志着作者在创作道路上已进入了一个新的阶段。但由于他去世早，在战乱中许多作品、资料散轶严重，在20世纪80年代以前，一直为史家们所忽略。如今，他已长眠地下多年，在似水的流年中，他的那些以往不为人知的史迹，再也不能因时间的侵蚀、人事的代谢而有所磨损。作为他的一个晚辈，在这清明时节，人们都在纪念自己的先辈亲人的时候，以此文表示我内心深处对舅父的缅怀和敬意。

（原载《韩江》2012年第3期）

告别父亲

　　小时候听姥姥说，父亲是在我虚岁3岁时离家，投身于抗日战争。自那以后，由于历史、家庭和其他各种复杂的因素，他始终没有回家。我们父女重新相见，是在20世纪70年代末，当时他已暮年，身患多种疾病，我也步入了中年很久，彼此精神上的积淀很多，思想与感情的沟通不无障碍。但因两代人都是知识者，对社会有文化关怀，共同的话题还是不少，令我深感遗憾的是在40年离乱之后，父女俩重逢不久，父亲就谢世了。

　　父亲于30年代中期参加革命，抗日战争爆发后，投笔从戎，在八年抗战和三年的解放战争中，转战南北，立下了不少战功，他不同时期的战友都对他留下深刻的印象。但在我和弟弟心中，父亲只不过是一个抽象的概念。解放后，他曾在高层岗位任职，有过两度的浮沉，在坎坷的道路上走向中年和晚年。也许是这个缘故，他一直没有返回家乡的意思，这当中自有他内心的种种曲折，并非我们做儿女的能够了解和理解的。

　　记得1959年我结婚时曾写信告诉他，他接信后给我寄来一对翠绿色的湘绣枕头和一块枣红色绣金的缎子被面，还有一首律诗：

> 辞家雏女惹情牵，鹅步鸦言乳下眠。
> 自我挥戈荒塞外，凭谁问讯绮窗前？
> 风尘浪迹八千里，骨肉乖离二十年！
> 展读报婚书一纸，为开笑口又潸然。

在这首诗里，父亲充分表达出接读我报婚消息时悲喜交集的情怀，从对我儿时的回忆写起，带出几十年来他心里埋藏着的许多更深更远的东西，做到心事合一，心灵与史实相默契。这是我第一次读到父亲的诗，也是我第一次领会到父亲对我的爱和思念。

1963年春天，我在农村参加"四清运动"，元宵节是我的生日，生产队没有开工，我想起了在远方的父亲，给他写了一封简信，他收到后也回给我一个短简，同时寄来他在1962年元宵节为我而写的两首《鹊踏枝》词：

元夜拟长女寄

> 帘外呢喃归燕语，报说天涯，遍袅垂杨缕。休向春光频延伫，芳菲自古添离绪。
>
> 几换年华多少路，总不相逢，梦也浑无据。怎遣今宵伤别苦？柳梢月色又如许！

元夜答长女寄

几啭啼莺天破曙，梳洗流光，一阵催花雨。好个元宵
佳节序，何当扶携寻春去？

往事和谁堪更数，岭北滇南，怎把归程误！且引清樽
权独注，栏东醉咏红梅树。

这两首词都充满孤凄忆远之情，词中的"空间"隐含有无
数难以言说的感慨。后来，我从一位叔叔那里得知，他当时正
戴着右派的"帽子"在个旧锡矿劳动。

1979年秋天，父亲的老朋友、云南省作家协会主席黄松
先生托人捎来口信，说父亲因心肌梗死被送到昆明延安医院抢
救，想见我一面，我接到这个消息后则乘飞机前往。没想到飞
机抵达昆明时父亲竟亲自从医院出来接我，因我们父女互不
相识，他举着一块上面写着"接芄子"的牌子，由在昆亲友簇
拥着站在机场出口处，我朝着牌子走去，就看到一位和自己十
分相像的长者，于是轻声地问："是爸爸吗？"他则一面笑一
面大声地回答："不是我是谁？没想到吧！我竟然战胜一场大
病。"紧接着就拉着我的手一起坐进他的小轿车。当时组织上
刚为他平反，在昆明没有房子，父亲的老战友农叔叔让出一套
房子给我们住，那晚，他请来一位年轻的厨师做了八菜两汤，
说是为我洗尘，也庆祝他身体的复原。因我是第一次到昆明，
父亲的许多战友都来探望我们，有一次，云南省委组织部长王
镜如叔叔来看我，说我气质上和父亲十分相像，父亲很动情地

对他说："女儿长这么大了，我没有给过她任何关照，我是连杨白劳都不如啊，杨白劳还给他女儿两尺红头绳。"因他身体刚刚康复，不能过于激动，大家忙把话岔开。我在昆明住了一个星期，父女俩很默契，从不谈旧事，包括家事和国事，只谈诗谈文，他让我看这些年他写的诗稿，我发现，他的诗和词都写得很好，尤其是律诗和词。从他的诗作看，在20世纪跌宕起伏的历史行程中，他并未失去自己，他还是一个性情中人，因性情犹在，故思想和精神不衰，能在诗中发出自己独特的声音。我告诉他，如果当年他在文学的道路上走下去，肯定会成为一位著名的诗人。他听后高兴地告诉我，1934年他在上海暨南大学中文系念书时，曾得到著名词家龙榆生先生的指导，他填的词还得到龙先生的赞扬。临别时，他问我："来昆以后感觉怎么样？"我说："我觉得爸爸本质上是一位诗人。"他笑着修正我的话："是诗人政治家。你说我是诗人，是因为你只读了我的诗。"他的话是对的，因为我当时对他的政治生涯并不了解，不可能有其他方面的感觉。

之后，父亲每年都来广东过冬，在从化温泉高干疗养院疗养，流溪河畔绮丽的风光、粤地的冬景春日，激发了他的诗情，所以常常有新的诗作问世。

1986年春，父亲因感冒而引起肺炎，导致心脏病并发，又一次住进昆明延安医院高干病区，几经抢救，病情反反复复，春夏之交，医院正式向家属发出病危通知书。那段时间，为了父亲的病，我曾三次飞滇，每次都是在父亲经抢救脱险以后返穗，记得最后一次返穗前，我到医院同他道别，他当时病情稳定，但因做了"三腔管术"，抢救时气管又被切开，安上了人工呼吸器，我进病房，看他到处插满管子，心里很难受，但他对医生的治疗一向配合，精神仍然乐观，临别时，他拉着我的右手，用自己的手指在我的手掌上慢慢地写了两句话："平生满腹伤心事，尽在默默无言中。"然后摆摆手，示意我安心上飞机。却万万没有想到，这次的道别，竟成了永诀。1986年6月10日晚，我接到云南省委组织部给我拍来的电报，告知父亲逝世。噩耗传来，我百感交集，急急奔丧。在父亲的追悼会上，我看到那么多人来悼念他，当中有不少是从他工作过、劳动过的地市和矿山特地赶来同他遗体告别的，悼念他的花圈，从作为灵堂的大厅摆到马路两旁，后来云南省委组织部和省老干局不得不请来民警到附近的马路维持秩序，我在灵堂内外对着眼前络绎不绝的人群、人流……从他们表现出来的那种敬爱、尊崇、怀念的感情中，领会到父亲作为一个职业政治家的真正价值。我想，父亲虽已离开我们到天国去了，但云南的许多民众并没有忘记他，他的真正的"家"是在云南。

（原载《南方日报》1998年1月18日）

我的父亲饶华

　　我父亲原名饶东，参加革命后改名饶华，1931年毕业于韩山师范学校，曾在潮安县小学教书，后考入上海暨南大学中文系就读，1935年回潮安组织左翼文艺活动，1938年秋离家参加革命。父亲离家时我才3周岁。据外祖母说，我幼时健康可爱，父亲离开潮州最舍不得的就是我。他出发前，一直抱着我在院子里踱来踱去，久久不愿放下，临别，还从柜上取下我两岁生日在凤城照相馆拍的照片，才匆匆离去。若干年后，他在一首怀念我的抒情律诗中，开篇第一句就是"辞家雏女惹情牵"，这应是他对当时内心情怀的一种形象述说。此后，他转战南北，由于战争、历史等各种复杂的因素，谁也没有想到我们父女那一别就是40年。

　　1978年，我们父女在昆明重逢。之前，我虽然从父亲留在家里的照片上"认识"他，以及后来他附在信中怀念我的一些诗词中，感受到那遥远的父爱，但脑子里却完全没有任何关于他的具体印记。40年间，他经历了多少战火风云，如何在敌与我的生死搏斗中顽强取胜；他在不同工作岗位上所做的种种业绩，曾一度遭遇的人生曲折，我并不知晓。关于他的革命人生，他在早期左翼文艺运动、抗日战争、解放战争和解放后为革命事业所做的贡献，我是后来才从他自己、他不同时期的战友口中和相关的资料、回忆录里了解的。50多年来，我在大学教书，写了不少文学评论和学术论文，还写过一些散文随笔，除在1986年父亲逝世时，写了一篇悼念文章《告别父亲》外，此前，并未写过有关父亲生平的文字，因我自认还不了解父亲历史的全貌。

2010年6月，我应韩山师范学院之邀，回潮州市参加关于潮州历史文化的国际学术研讨会，该校林伦伦院长派人来潮州宾馆找我，说父亲是韩师的校友，约我口述父亲的历史。没想到他那次的热诚邀访，竟点亮了我内心深处萦绕很久的"父女情结"。此后的一段时间，在我工作之余，脑子里就翻跃着父亲晚年告诉我的往事，我惊觉，父亲逝世至今已经27个年头，由于父亲是年轻时就离开家乡参加革命，后来在革命斗争中走向成熟，家乡的人并不了解他。但他进步思想的发端是在潮州，"潮文化"是他一生行为的"根"，所以从某种意义上，他的革命人生，也是潮州文化向外扩展的众多符号的"一个"。尽管我所知的并非详尽，但将其叙写出来，总比湮没和遗忘好。这是我提笔撰写此文的近因。

我所知道父亲的往事，都是后来听他自己或他的战友说的。这些即时记下的口述资料，常常因为口述的人不同，叙述的事件、对象不同和每个人的历史背景不一样，各说各的，并没有统一的中心，叙述时也不断随人的记忆而转移，难以进入思考的幽深处。在这里，我只能按时间线索，将这些散漫的口录记忆和他们在回忆录中所提供的史实，经查证有关资料，叙写出来，对其中一些主要的事件，则重点展开叙述，尽量做到点面结合，把我所知道的父亲的革命人生，做一次初步的但并非全面的梳理，让人们了解他、认识他，因为从父亲的一生看，他不只是我的父亲，更是一位执着于革命事业的战士。

我父亲自幼喜欢文学，对诗词有浓厚的兴趣，常写诗填词，在暨大学习时，是著名词学家龙榆生先生的得意门生。20世纪30年代的暨南大学，是国际上知名的华侨大学，侨生多，学生的爱国热情很高，是当时中共地下党的一个重要宣传阵地。父亲在暨大接受左翼文艺思想的影响，经我舅父戴平万（作家、共产党员，时为左翼作家联盟领导成员之一）介绍，参加上海左翼文艺活动，并开始在《大美晚报》副刊《文化街》上发表作品。根据父亲的回忆，1935年春，他遵照舅父的安排，与青年版画家张望一起，回潮安发动、组织左翼文艺活动。回潮后，张望在师范和艺术学校教书，父亲则在潮安《大光报》担任编辑。他们相互配合，与此时回到潮汕的左联木刻家周金海一起，利用报纸副刊的阵地，出版了《生活木刻》（旬刊）、《木刻生活》等，开展各种左翼文艺活动。"一二·九"运动发生后，抗日救亡运动在全国各地蓬勃展开，他们和从上海回家乡的明星电影公司演员张灵夫共同发起创立了"奴隶剧社"（后改名为"潮安话剧社"），自编自演了不少抗日救亡的剧目，有大型的多幕剧，也有独幕剧，在家乡团结了一批青年文艺工作者，扩大了左翼文艺在潮安的影响，也引起了汕头文艺界的注目。这是20世纪30年代潮安最早的左翼文艺活动。

1936年底，父亲在韩山师范的同学、当时潮安地下党的负责人之一钟骞来找父亲，动员他和张望到汕头参加汕头文艺座谈会。座谈会于1937年初在汕头市召开，会址设在汕头老妈宫对面的平影戏院，与会者都是潮汕地区要求抗日救亡的文人志士，包括艺术家和文艺评论家。在会上，通过选举成立了理事会，父亲和张望都被选为理事。汕头文艺座谈会后来发展成为一个抗日的革命群众组织，领导人是地下党员陈光和王亚夫。在他们领导下，出版了《黎明》《早晨》《文艺界》等四五种文艺周刊，还培养了一批有血气的文艺青年，其中的一些人后来去了延安。七七卢沟桥事变的前夕，汕头文艺座谈会和同为地下党人领导的华南抗日义勇军汕头大队联合，团结其他一些抗日群众组织，成立了统一的汕头青年抗日同志会，后简称"青抗会"，父亲是该会执委会常委和总务部长。青抗会成立以后，在潮汕一带掀起了轰轰烈烈的抗日运动，产生很大的社会影响。后来，青抗会还成立了随军工作委员会，父亲担任工委会主任委员。父亲在回忆这一切时特别告诉我：当时汕头的青抗会之所以能突破地方国民党势力的阻挡，蓬勃发展起来，主要是党的抗日统一战线政策起了大的作用，在具体工作中，则得助于没有暴露共产党员身份的同志在国民党军队中的关系。

关于父亲和张望遵照党的安排，1935年春回潮安点燃左翼文艺之火，后到汕头，参加青抗会的抗日救亡活动的经历，父亲在20世纪80年代，曾赋诗描述：

一

沪上左联两小兵，凤城粉墨动群情。
其光沥胆相投契，鮀岛文坛聚众英。

二

结社救亡血沸腾，拥行民统意坚成。
伯豪守土求佳士，青抗随军震百城。

三

韩江水阔梅江深，一杆红旗万颗心。
日寇铁蹄侵踏处，健儿唬啸起山林。

——《東张望——叙旧情》

之后，张望去了延安，父亲则于1938年秋带领青抗会战地
服务团随军出发抗日，原是准备参加保卫大广州的战役，但还
未抵达广州，广州已沦陷。所以在广州外围的北江前线参加游
击战争，父亲就在这个时候，由八路军办事处的同志介绍，参
加了共产党。从那时开始，父亲先后在北江、广州和粤西北参
加游击战争和党的地下工作，历任中共广州沦陷区工委委员和

宣传部长，北江特委宣传部负责人，中共粤西北工委常委和宣传部长，中共广州市委委员、宣传部长。

1939年，随着敌后抗日游击战争的迅猛发展，中共北江特委书记黄松坚，根据党中央关于扩大抗日统一战线的指示，通过不同的渠道，派父亲、邝达、林铭勋等五位地下党同志，进入国民党四战区新组建的北江挺进纵队（当时简称"北挺"），做发动组织群众的工作。当时父亲是通过古大存介绍进入其部队，公开身份是在"北挺"司令部任政训室秘书，其实是我们地下党在"北挺"的特派员。当时国民党"北挺"的负责人莫雄是一个有抗日意志的军人，曾是孙中山大元帅府的警卫，有正义感，与廖仲恺、何香凝有交往，在红军第四次反"围剿"期间，曾提供有关信息，使红军打了胜仗，是党的一个重要的统战对象。邝达是莫雄的同乡，他们早就相识，借助这一关系，进入"北挺"刚建立的政治大队任大队长。林铭勋是莫雄自己赏识的进步青年。他们到"北挺"后，按照组织的部署，审慎而积极地工作，壮大进步力量，还在其中发展党员，很快就在邝达所在的政治大队建立了直属北江特委的地下党特别支部，邝达任地下党特支书记，林铭勋是特支支委会成员。党支部成立以后，在特委的指导下，扩展各种抗日宣传活动，得到群众的拥护，还掌握了大队中的一个中队。后因他们在"北挺"的宣传活动，引起国民党特务分子的注意，接二连三地被告发，北江特委才果断地把父亲和邝达撤离"北挺"，由林铭勋等同志接手他们在"北挺"的统战工作。

关于父亲和邝达、林铭勋等在"北挺"所做的统战工作，

20世纪70年代末，在打倒"四人帮"之后，时任华师党委第一把手的林铭勋书记曾跟我谈及。那是一个偶然的机会，林书记在期中教学检查时，听了我为中文系1977级讲的文学概论课，觉得我讲课时的语言、神情、相貌、姿态和气质，很像他昔日的一位老战友，但一时想不起是谁。下课后，让校办的人把我找去，经了解，知道我的父亲是饶华，非常激动和感慨，给我陈述了他和父亲等在"北挺"的一些具体情况，说当时在"莫部"（莫雄部队）所做的统战工作很有成效，中共广东省委书记张文彬曾给予很高的评价。

父亲从"北挺"撤离以后，回到中共北江特委宣传部工作。1942年五六月间，由于叛徒的出卖，粤北地下党省委的领导机关，为国民党的特务侦知。在这前后，江西地下党省委和南方委员会的地下党领导机关也遭到国民党特务破坏。华南各地的地下组织面临严重的威胁。党中央指示：华南的地下党组织除沿海敌后有武装依靠的地区外，应立即停止活动；已暴露或可能暴露的党员干部，应迅速转移隐蔽，切断一切可能被特务、叛徒利用来进行追查、搜捕的线索。父亲当时在北江特委，在接到撤离指示后，迅速安排同志们安全转移，自己则在所有同志都转移之后，于1943年春离开粤北，按绰号"家长"的北江地下党负责人黄松坚的安排，撤退到桂林。对当时南方同志所处的危急情势，父亲后来曾在一首《鹊踏枝》词中，以"一剪幽风生碧浦，簇岸嫣红，迸作胭脂雨"的诗句，做象征性的描述，这也是父亲那时的亲身感受。撤退前，按"家长"的安排，父亲抵达桂林之后，应与先撤离到桂林的李嘉人联系，再决定自己的去向和工作。但到了桂林，父亲捐着行李到事先约定的联系地点，却找不到"人"，投"亲"不遇，正考虑如何在笼罩着白色恐怖的桂林待下去，幸遇从潮汕到北江先转移到桂林的地下党干部张尚琼、刘文丹夫妇，经他们引导，才在甲山的德智中学教师宿舍找到李嘉人。通过他的一位当时颇有权势的留日同学，把父亲安排到桂林市郊的乡村中学教书，隐蔽下来，到湘桂战争爆发，才结束这一隐蔽时期。20世纪80年代初期，父亲在给我讲述他的这段经历时曾说："大家都知道，桂林的山水既好且多，1943年我在桂林的时候，它却淹没在深重的民族灾难之中。原来的一个清幽胜境，成了遍野哀鸿，狼犬扰攘。"时从粤北转移到桂林隐蔽的他，面对眼前的困境，不无惆怅和伤感，曾在诗中表达他当时的这种内心感受：

癸未桂林感赋

万劫河山百战身，桂城秋雨涤征尘。

酒旗有意邀沉醉，客舍无心狭远人。

归梦遥遥追更渺，亲情款款忆尤真。

愁听日暮漓江渚，一曲渔歌哀怨深。

1944年春夏之交，日寇为打通太平洋战争的大陆交通线，发动湘桂战役。在桂林陷落前，李嘉人回广东与区党委联系，嘱父亲紧急时撤向桂东敌后。桂林沦陷后，父亲沿铁路线撤到桂东，参加那里的敌后工作。当时撤退到桂东的有不少在桂林附近隐蔽的地下党员，还有若干民主党派的著名人物，如李济深、何香凝、梁漱溟等，使桂东成为一个政治气氛很浓厚的地方，有许多应做和可做的工作。那年10月，李嘉人由广东来到桂东，联系撤退到桂东的广东地下党同志，布置工作。一个月后，父亲接到"家长"黄松坚从粤西北的来信，要他及早回到广东，接受新的任务。1945年春，父亲从广西、广东、湖南三省交界处翻越五岭，到粤北的连州，乘连江快艇到英德的粤西北区工委所在地。那时的粤西北，群众抗日斗争正蓬勃发展，还有东江纵队的精锐部队加入，正在准备迎接王震将军统率的南下部队来五岭建立华南根据地。父亲精神振奋地投入新的战斗，还赋诗一首：

喜归粤西北

穷凶敌寇流湘桂，字字羽书促返乡；

便踏寒冰翻五岭，又乘碧浪下连江。

傅颁政策挥神笔，密领军符绰快枪；

但得将星临百粤，南疆万里耀丹阳。

这首诗记录了父亲从桂东到粤西北的经历。20世纪80年代初，父亲从昆明来从化疗养，曾在流溪河畔给我背诵他的这首诗，并解释说：诗中的"羽书"，是指党的指示信；"密领军符"，是指接应王震将军部队任务；"将星"是指王震将军所率领的南下大部队。

抗日战争胜利后，由于蒋介石撕毁"政协决议"，发动大规模内战，为了保存革命的有生力量，当时活动在广东南路地区的一支战斗力很强的人民武装部队，按党组织的安排，在特委书记周楠带领下撤入十万大山和越南，并在越南进行整训。那段时间，父亲在广州地下党市委工作，负责往南洋和印支半岛撤退党的干部。1946年，父亲受南方局派遣到越南河内，协助广东区党委驻越联络员周楠与越共中央做联络工作，并任广东区党委在越的侨工委委员、留越干部训练班教育长。在越南，父亲以一个中越合资开办的印刷公司经理的名义开展工作，办《华侨生活》杂志，而父亲的住所就是中越两党的联络点。为了培训撤退到越南的干部，父亲等还在越南北部的高平办了一个培训班，高平培训班的学员后来都成为开辟粤桂边区和滇桂边区的骨干。1947年8月，父亲奉命参加庄田、周楠率领的留越干部和整训部队回国，开辟"三省两国"边界根据地。回国干部队伍共七八百人，庄田任司令员，周楠任政委，父亲负责政治工作。他们先向十万大山进军，后到桂西，转战于桂滇边区，歼灭敌人有生力量，建立新政权，但新区面临很大的困难。1948年春，按华南分局指示：留少数部队在原地，主力转移到滇东南地区，夏天又转移到越南的合江，进行部队整训，准备回国作战。

1948年10月，庄田等领导率主力部队从越南回国，准备渡过南盘江在罗盘地区建立有战略意义的根据地，途中，在南盘江边受到敌人的围困，处境危险。这时，父亲正领导滇东南地区的武装斗争，受命带领留守的100多名战士，由越南进入马关、麻栗坡一带活动，转移敌人的注意力，策应主力部队顺利北上。面对敌强我弱的形势，如正面打仗，很难取胜，因当时境内食盐非常紧缺，为了完成这一艰难的任务，父亲先和七八个战士化装成瑶寨同胞，以卖贱价盐巴做掩护，住进瑶寨里，与境内的地下党组织取得联系，在他们的帮助下，自己冒险到马关县与一些上层的统战对象沟通，向他们介绍国内解放战争，劝他们认清形势，看准要走的路，与他们建立统战关系，然后把队伍调来，很快就占领了进入内地的第一个关口瓦渣街，后又借助他们的关系，智取马关城，使主力部队得以顺利进军、歼敌。由此，打开了主力部队在滇东南武装斗争的有利局面，一个多月后，麻栗坡等多个县城相继解放，在边区建立了根据地。1949年3月，中共滇东南地区工委成立，父亲任书记和部队政委，并兼任滇东南民主政府筹备处主任、桂滇边区公学校长。之后，滇东南工委改为文山地委，并成立了中国人民解放军滇桂黔边区纵队第四支队，廖华任司令员，父亲任地委书记兼政委，在这年年底，他们共同领导完成了一次反扫荡的战斗。

1949年11月初，反扫荡战斗胜利结束后，父亲等人又投入紧张的迎军工作。按中央部署，入滇大军大部要经过滇东南，任务很重。时任滇桂黔边区政委的李明（林李明）接到中央军委指示，要边区排除阻力，保证十万大军能以最快速度进入云南。他即找廖华、父亲等前去研究，一致认为，云南是个多少数民族地区，而且山高丛林多，有的还有自己的武装，大军通过，必有麻烦。一定要做好各少数民族的统战工作，化阻力为助力，保证大军顺利通过，并决定由父亲带一支50人的警卫队，从广南、富宁靠广西一线去做工作。据一度当过父亲助手的依鼎升记述：父亲当时带领警卫队出发，从广西西林的龙潭至广南中洛，共走了一个多月，途中，不时碰到山头上有人鸣枪警告，这时，随行人员即大喊："李主任来了，不得乱打枪！"（当时，父亲任滇东南民主政府筹备处主任，化名李成立，在群众中有一定威望。）他沿途拜访，结交了一些当地有实力的人物，团结了一批支持革命的开明士绅和少数民族上层。最后，在中洛一位少数民族共产党员的父亲家里，召开了一个各路"诸侯"大会，招待"客人"。但来客都全副武装，他们看到父亲带来的警卫队都有武装，便都子弹上膛，守住通道，警卫队队员也很紧张。父亲见此情况，就叫大家要沉住气，注意警戒，没有任务的人可下河洗澡。"客人"们看到这种现象，就叫随从手枪入壳，机枪上套，剑拔弩张、一触即发的气氛一下子松弛下来。席间，父亲给他们讲形势，反复交代党的政策，并保证解放军不会损害他们的利益，希望他们协助大军顺利进军。他们听了父亲诚恳的讲话，纷纷表示拥护共产党，保证会配合完成迎军任务。这是父亲在解放战争中的一段很有传奇性的经历。

解放后，父亲一直在云南工作，历任蒙自驻军军事代表处主任、中共文山地委书记、西南革命大学云南分校教育长、兼任云南大学政治经济学教授、中共云南省委宣传部副部长等职。1954年，中央来电要调父亲到北京重工业部任职，经云南省委请求仍留云南。1958年，在反右运动中，在揭发云南省委"郑（敦）、王（王镜如）反党集团"时，指父亲为该集团干将，被划为"右派分子"，开除党籍，撤销职务，把父亲抗日战争期间被党派到"北挺"建立地下党特别党支部、任地下党特派员，说成是任国民党军官；把父亲在解放战争时期所做的统战工作，作为饶华的右倾投降路线批判，发配到个旧矿山劳动，在矿上打水枪、采矿石、看菜地。1966年，在史无前例的"文化大革命"中，父亲还被关进厂里的临时牢房，受到种种残酷的迫害，前后在个旧锡矿劳动长达20年。但他在严峻的处境下，仍然坚信党，坚信共产主义，经受住各种考验。党的十一届三中全会后，父亲的冤案得以平反。1978年4月，经中纪委批准，中共云南省委对其冤案做出公正的结论："他们既不是集团，也没有反党，纯属一桩冤案。"1979年出任云南省出版局副局长，1980年任云南省社科院副院长，兼任云南省志编纂委员会副主任委员，1979年后被选为云南省政协第四、五届委员会常务委员。记得1978年夏天，冤案平反以后，父亲回到昆明治病，特托时任云南省作家协会主席的黄松叔叔带来口信，说很想念我。我听后百感交集，即放下手中的工作，急飞昆明，没想到他竟抱病亲自到机场来接我，见面的第一句话是："很庆幸'劫后余生'，还能相见！"在昆明延安医院高干病区，他把冤案平反时写的一首为自己满63岁作的律诗《自述》给我看：

> 九州旷远我粗豪，扰攘尘寰楚一遭；
> 每为吊民挥血泪，几因伐罪举钢刀；
> 感恩但解随鞭镫，报命颇羞说苦劳。

莫问浮生酸楚事，江湖何处不滔滔。

这首诗，把他半个多世纪的经历、感受，做了一个浓缩的表述，从事件到心态，表达了一个为党、为人民经历了无数劫难的老革命者的心声。

1986年6月10日，父亲在昆明延安医院高干病房逝世。6月20日，在昆明龙宝山殡仪馆举行向父亲遗体的告别仪式上，前来悼念他的人很多，几百个花圈重重叠叠地放立四周，门楣上挂着67名原滇东南边纵老战友送的横幅挽幛，上写"忠党爱民，音容长存"；左右两边立柱上分别挂着昆明110名原边纵一、四支队老战士和文山原边纵老战士送的挽幛。昆明的挽幛录了他的遗诗《自述》，文山的挽幛写着"南疆征战八千里，为党风雨五十年"。还有国内各地亲友、在不同时期和父亲共事过的各级党和政府的领导人、学者、作家、知名人士等发来的唁电、悼诗等。所有这些，都说明人们并没有忘记父亲，没有忘记他在革命队伍中所做的工作，作为一个一生专注于革命事业的战士，他的形象和精神依然活在人们心中。

（原载《韩山师范学院学报》2014年第4期）

追忆母亲

　　母亲离开这个世界已整整47年了，我在内心深处虽然常常怀念她，但由于她人生道路的曲折和历史投射在她身上的阴影，使我迟迟未能提起笔来写追忆她的文字。

　　我自幼和母亲聚少离多，不知道她的出生年月。20世纪80年代初，我应中国社会科学院文学研究所张大明先生之约，为舅父戴平万编写年谱，知道舅父生于1903年，据家里的长辈说母亲比舅父小四岁，由此推算，她应出生于1907年。1966年"文革"开始不久，她就被关入"牛棚"，1967年在"牛棚"去世，终年60岁。因为"文革"初期我在学校里也遭受冲击，被隔离审查，母亲去世时我并不知道，直到五个月后才从姨妈口中得知这一消息，至今，她的忌日、墓地已无法查考。

　　我父亲在我3岁时就离家参加革命。母亲受父亲的影响，在弟弟出生之后，也投身于抗日救亡运动，我和弟弟都是跟着外祖父母长大的。抗战期间，她在各地忙于妇女、儿童救亡工作，偶尔回家，也是匆匆来去，所以在我童年和少女时代，关于她，只有一些零星的记忆。

在我印象里，母亲不是那种中国传统型的妇女，而是属于在五四精神感召下，有自己生活理想和追求的职业女性。听我姨妈说，母亲年轻时性格活泼，而且痴迷于文学艺术，她们一起在金山中学念书，都是该校第一届的女生（早期金中只招男生），母亲是那届女生中年纪最小的，喜欢文娱活动，在学时曾是女生乐队的指挥，还参加学生话剧社，演出过胡适创作的话剧《终身大事》。由此可知，她的中学时代，应是光彩照人的。母亲在金山中学毕业后，曾两度到上海艺专学习风琴和舞蹈，20多岁就被任命为潮安县第四女子小学校长，父亲就是在"县四"和她认识的。那时，父亲年纪轻，是该校唯一的男教师，因书教得好，母亲特别赏识他；父亲也很崇拜母亲，兼之母亲漂亮，气质好，所以两人从相悦到相爱。但因母亲比父亲大好几岁，他们的婚姻遭到我祖父母的反对；又因为父亲是韩山师范学校毕业生，而我舅父和姨父均毕业于中山大学，分别获文学和法学的学位，外祖父母认为父亲学历太低，配不上母亲，同样持反对态度。他们俩不顾双方父母的反对，委托姨父在潮安县《大光报》上发表两人共同署名的婚姻自主"声明"，敬告诸亲友，然后赴杭州、苏州旅行结婚。此事在当时的潮州城里，是轰动一时的新闻。婚后，父亲在母亲的支持下考上了上海暨南大学中文系，成了著名词学家龙榆生先生的得意门生。20世纪30年代的暨南大学，侨生多，学生爱国热情很高，是上海地下党的一个宣传阵地，父亲在学期间，接受革命思想的影响，经我舅父戴平万（作家、共产党员，时为左翼作家联盟领导成员之一）介绍，加入左联，1935年春，与青年版画家张望一起，回潮州发动、组织左翼文学活动，七七事变后，在全国抗日救亡高潮，投笔从戎，参加革命。

听家里的人说，母亲对父亲参加革命是支持的。父亲离家时，她正怀着我弟弟，在潮州城沦陷前，带着我跟随外祖父母避难到外祖父的老家潮安县归湖乡溪口村。弟弟出生不久，她就投身于家乡的抗日救亡工作，参加组建潮安县"妇救会"，还被推选为该会理事长。潮州沦陷后，她又在揭阳、曲江等地从事妇女、儿童救亡工作。整个抗战期间，我和弟弟都是在外祖父家乡的祖屋敦本堂度过的，母亲在工作的间隙会回来看望我们，至今我还有印象，她常穿黑色的百褶裙、浅蓝色或月白色的短上衣，偶尔也穿蓝色阴丹士林布旗袍，虽素朴，却很好看。她性格开朗，每次回来，都和外祖父母有说不完的话，对我和弟弟也很疼爱和关心，她的爱主要不是表现在对我们日常的起居饮食上，她更多关注的是我们的学习和性格的培养。她每次回家，虽然匆匆，但都没有忘记给我和弟弟带一两本儿童读物，记得她曾带给我一本《爱国孩子张兴华》，写的是一个男孩在敌占区英勇抗日的故事，深红色的封面，当中有许多插图，我和弟弟都很喜欢。她还教我们唱抗日的儿歌，其中有一首的歌词是："小小日本，自己称雄；打倒日本，名扬远东。"曲调铿锵，我们还根据歌曲的内容和节奏，自编了一套简单的舞蹈动作，在敦本堂内外和邻居的小朋友一起边唱边跳。那段时间，由于父亲一直在外，母亲来去并无定期，在我幼小的心里，总觉得父母亲都是"抓不住"的，有时看到同班的小朋友和他们的爸爸、妈妈在一起，自己甚至有一种"无家"的感觉。所以，我很小就有了离情和惜别的体验，那是一些难以忘怀的刻骨铭心的情感记忆。

抗日战争胜利后，母亲回到潮州，出任潮安县救济院院长。由于光复后外祖父一大家子都回到县城居住，城里的房子双柑书屋，原是戴家供儿孙们在城里念书的书斋，没有乡间的祖屋敦本堂大。母亲自己在西马路租屋居住，周末才回家。那时，我刚考进潮安县最有名的学校城南小学（后来的潮州市第一中心小学）读三年级，因学校离外祖父母家很远，中午放学后就到西马路母亲处休息和用餐。在我印象中，她总是在为救济院难童的事忙着，许多时候是我放学后，先由女佣陈婶照顾我吃饭，我吃完饭她才回来，而我又赶着上学去，母女虽常见面，却没有时间交谈。我那时尚小，日子就这样匆匆而过。只有一件事，至今还有清晰的记忆：那是我念小学四年级时，在学校庆祝儿童节的联欢会上，参加歌舞剧《小小画家》的演出，扮演其中一个配角，后来该节目获一等奖，她为此高兴了好些日子，还买了一只棉花做的小狗奖励我。

两年以后，母亲被调到潮州市第二中心小学任校长。"市二"小学离双柑书屋很近，而且那时大表姐已到中山大学读预科，空出了西厢的屋子，母亲白天在学校办公室工作，晚上就回家来住。由于城南小学实在离家太远，母亲终于同意我转学到潮州市第三中心小学就读。亲戚都觉得奇怪，母亲自己在市二小学任校长，为什么不把我转到市二？我自己也很想就近转到市二，所以向她提出请求，她坚决不同意，还说："我是校长，转到市二，对你成长不利。"那时我并不明白她这话的意思，长大以后，自己也从事教育工作，才有所理解。所以我虽曾是名校城南小学的学生，但小学却是在"市三"毕业的。

由于我父亲和舅父都先后在不同历史阶段的国共合作中公开了共产党员的身份，国共关系破裂以后，都分别在外地从事党的地下工作，不能回家。20世纪40年代，父亲被党派到桂林恢复当时被叛徒破坏的南方党基层组织，出于各种复杂原因，在革命队伍里重组家庭，还有了一个孩子，因当时政治环境恶劣，在白色恐怖下，居住无定，他把孩子（我的二弟武子）通过党内的"交通"带到香港，托在港亲友带回潮州抚养，并附有一信给母亲，请她谅解和接受这个孩子。此事在家乡亲人中有过不少的负面议论，但母亲却十分平静地接受了这个事实。我当时年纪小，不可能了解母亲内心的情感活动，但现在回想起来，从母亲对此事所持的平静态度，以及后来她对二弟的关爱和教育，应该说，母亲还是理解和体谅父亲的。

解放前夕，母亲因市二有一学生在春游时溺水的事受到上级的处分，心理压力大，又因舅父和父亲的关系，自感处境艰难，曾想过调离潮州的教职。刚好她昔日金山中学的同学、在新加坡华文学校任校长的洪芳娉阿姨来函，邀请她到该校执教，外祖父有许多学生在东南亚一带就业和经商，他老人家认为这是帮助在外华侨子女学习中华文化有意义的工作，很支持母亲前去，但母亲考虑再三，最终没有成行。当时，家里的大人，对她的这一决定都很不理解。多年以后，我来中大读书，才听家住广州的姨妈说，那时母亲在内心深处还对和父亲的重逢存在期待！她曾写信告诉姨妈，如形势变化，她有机会和父亲相见，以他们昔日的艰难结合和抗战期间在潮州、曲江几度生离死别的经历，无论结局如何，她都能接受，但她想为我和弟弟找回一个不是理念上的而是具体、感性的父亲。

潮州解放初期，母亲的心境是好的。记得1950年国庆节，我在学校参加表演的苏联舞蹈节目《快乐的人们》，被选拔到潮州市在西湖举行的大型文艺晚会上演出，她知道以后十分高兴，专门从楼上箱子里找出一块粉红色底有淡绿色花纹的绸子，亲自带我到裁缝店去做了一件蝴蝶袖子的连衣裙。我穿着这条裙子参加表演，很引人注目。这条裙子的颜色、款式和做工都很精致，深受同学们的喜爱，后来竟成了我们舞蹈团的公共道具，我一直没有把它带回家，她对此不但不生气，还非常得意。

那段时间，母亲继续任市二小学校长，还被选为潮安县第一届人大代表，参加人民代表大会。1951年，在教师队伍的思想改造运动中，因抗战期间母亲曾先后在潮安、揭阳、曲江等地从事妇女救亡工作，担任过潮安县"妇救会"理事长、揭阳县妇女委员会总干事等职，在曲江时，还曾参加前国民党广东省省长李汉魂的太太吴菊芳主持和组织的妇女抗日宣传活动，抗战胜利后，一度出任潮安县救济院院长，成为运动中重点的审查对象。那时我在潮安一中读高中，已参加新民主主义青年团（共青团的前身），还担任学校团刊《一中青年》的主编，县团委一位姓谢的负责同志专门到学校找我谈话，说母亲解放前社会关系复杂，组织上正在对她的历史进行审查，要我在思想上和她划清界限。我本来对母亲的历史并不了解，那次谈话令我十分震惊！按照当时所接受的教育，我表明自己会听党的话，并主动提出辞去团刊的主编工作，接受组织的考验。回家以后，我把这次谈话的内容跟外祖父母说，外祖父是潮州各中学知名的教师，又是德高望重的党外人士，他担心此事会影响我和弟弟的学习，就让我和弟弟搬回祖父母家居住，直至我考上中山大学，离开家乡到广州读书。

后来，听母亲在教育界的朋友说，抗战期间，虽是国共合作，但政治环境十分复杂，一些人和事背后的关系，母亲自己并不清楚，在潮州当地又找不到证人，运动到一个阶段时她的历史问题还没有结论，被撤去市二校长职务，带着"问题"调到规模较小的潮州市第四中心小学教书，必须定期参加"学习班"的学习和劳动。1951年冬天，外祖父病逝，因他老人家在潮州教育界威望很高，各界前来参加丧礼的人很多，还有外祖父任教学校师生列队前来送行，极具哀荣。那段时间，我和弟弟回去探望外祖母，母亲总是回避不见我们，外祖母说她因自己的历史问题未有结论，怕和我们接触，会给我们带来不好的影响。

1952年暑假，我和两名女同学在回校途中，路过城河，看到有一队人在城河边挖土、挑土，走在我旁边的同学指着其中一个人说："你看！那是不是你妈妈？"我往她指的方向望去，就看到母亲穿一身蓝布衣服，戴着一顶大草帽，挑着一担泥土正从低处艰难地往上走，我站住，不自觉地大喊了一声"妈妈"，她抬起头，看到我，却没有答应，用一个手势示意我快走，见我一直站在那里，她就自己快步离我们而去。这是我最后一次见到她，没有想到这竟是一次无语的永诀。由于她以往都是穿戴得体，常常是一袭做工精细、料子很好的素色旗袍，黑色或白色半高跟皮鞋，神态优雅，解放后在市二任校长时也是这样。那次见面，判若两人，我忍不住对着两个同学大哭，她们原来也都认识我妈妈，还陪我一起流泪。但事后我们又都很自责，特别是我，怀疑自己是不是在感情上未能和母亲划清界限。至今，母亲那时的身影，还深深地刻印在我的脑海里，怎么也忘不了。

1953年，我考上中山大学。离开潮州的前夕，我到双柑书屋和外祖母道别。外祖母说母亲去参加"学习班"，集中在一个地方住宿，已经好久没有回来。她老人家从柜子里拿出一张小报给我看，说是母亲让她保留的，因上面刊有我的一篇在县里作文比赛中获奖的散文《在金山山麓的那边》。

由于此后不久外祖母就被我姨妈表哥接来广州居住，有相当长的时间，我们都没有关于母亲的消息。50年代中期，我在东山遇见一位来穗探亲的老教师，她曾和母亲在"学习班"一起接受审查。她告诉我，因母亲的问题一直"挂着"，在肃反运动中，被划为旧官吏，撤去教职，按历史反革命判处，由有关部门遣送劳动改造。我当时是中山大学学生会的学习部长和校团委委员，回校后，就将此事向团组织汇报，不久团组织让我们班的共产党员、团支部书记余伟文同学和我谈话，要我正确对待这件事，不要背思想包袱，好好学习和工作。1957年我大学毕业时作为班上的两名全优生之一被留校任教，看来当时母亲的问题并没有影响我的毕业分配。

20世纪60年代初，我和弟弟同时接到潮安县有关派出所来函，说母亲有严重的心脏病和肾病，已回到外祖父母原先的双柑书屋居住，要我们负责安排她的生活。当时弟弟在北京大学生物系学习，还没毕业，而我已在暨大任教，所以我向学校党委组织部写了一个报告，附上有关函件，请求由我负责母亲的生活费用，经组织批准，同意我每月给她寄生活费。她每次收到汇款，都有一简信给我，只报平安。1966年"文革"初期，我在学校受到极大的冲击，未知自己今后处境如何，去信给当时已在哈尔滨科学院工作的弟弟，让他每月给母亲寄生活费用，弟弟按我的吩咐做了，但没有想到，只过了大半年时间，母亲就在"牛棚"去世。

母亲在抗战期间及之后的历史，至今我仍然不太了解，但是从1995年、2005年各地人民庆祝抗战胜利50年、60年的一些资料和报道中，特别是揭阳、汕头党史和潮州市妇运史征集研究领导小组编写的有关史料、"纪事"中，都或详或略地记述有母亲在抗日救亡运动中的事例，还具体记述她于1937年9月在县立第四女子小学组织"潮安妇女救亡同志会"（后简称"妇救会"），以及此后在潮安、揭阳等地组织学校女教师、学生开展抗日宣传活动，发动居民妇女做军鞋、棉衣，写慰问信，慰问前方战士，教育和组织妇女投入抗日救亡活动等史实。有的资料还指出，当时这些活动都有女共产党员参加，正是她们推动母亲出来组建"妇救会"。有关资料中还提到抗战初期在潮安领导妇女运动的是中共潮安县工委宣传部兼妇女部部长方东平，主要骨干有萧琼芬、林秀华等，方东平、萧琼芬两位长辈，都是我父亲在汕头"青抗会"时的同事和战友，而推动母亲出来组建"妇救会"的林秀华阿姨，则是我儿童时代就认识的母亲的朋友。这些资料还揭示当时"妇救会"所开展的各项活动，都是中共潮安县工委经过研究提出来的。对当时组织上的这些筹划，我估计母亲自己是不知道的。

2004年8月16日，《广州日报》为庆祝第59个抗日战争胜利纪念日，在"广东新闻"版上推出《从沦陷区抢救出3万多难童》专版，刊登关于"在抗战时期，爱国将领、前国民党广东省主席李汉魂的夫人吴菊芳女士创办广东儿童教养院，组织抢救队从水深火热的沦陷区抢救、收养3万多在日寇铁蹄下遭受蹂躏的难童，并让难童接受教育，而备受后人敬仰"的史实。此事见报后，在穗了解我父母亲历史背景的几位离休老干部曾先后对我说："你妈妈的问题应该平反了。"母亲昔日的老同事也寄给我一张当年一群难童在儿童节和母亲一起拍的照片。还有一篇是一位现已定居泰国，曾是潮安县救济院难童写的追忆母亲的文章。因母亲早已离开人世，人们对她的这些记述、评价、怀念她不可能知晓，我在2006年农历七月十五中元节，把有关她的这些资料、照片、纪念文章一起火化了，希望借此告慰她的在天之灵。

（2014年4月10日于暨南园）

我的弟弟

弟弟于2005年4月16日悄悄地走了，在那个遥远的城市，在寒风凛凛的清晨。噩耗传来，家里没有其他的人，是我亲自接的电话，那边的话筒尚未放下，我已放声大哭，我有生以来从没有那么多流不尽的眼泪，仿佛是要把这大半个世纪我对他的期望、怀念、焦虑、担忧都哭出来似的。这么些年来，了解和熟悉我的朋友都知道，弟弟和他在"文革"中的遭遇，一直是我的一块心病，一种很深很深的伤痛，无法消除，也难以排解，甚至在我很快乐的时候，一旦触及我弟弟和他的病，就无乐可言。虽然他已永远离开我们，但在我心中，那种伤痛和遗憾，却始终未能淡化。由于他在"文革"中受精神刺激，已患病多年，实际上已是一个不健全的人，无法和我正常地对话和交流感情，但我总记挂着他。现在他走了，不必记挂，但心里却像是断了线的风筝似的，感觉空空的。记得很久以前有一位文艺界的长者对我说，有牵挂比没有牵挂好，两年来我的感受正是如此。

弟弟比我小两岁，我属猪，他属牛。弟弟出生时，父亲在抗战前线奋战，母亲带着我随外祖父母到外祖父老家归湖乡溪口村避难，在外祖父的祖屋敦本堂居住。溪口村的村民都姓戴，按戴氏族规，出嫁的姑娘不能在村里生小孩，外祖父在附近官湖村一个朋友家租了两间大房，让妈妈和一个女仆住到那里去，直至弟弟出生后满月才回敦本堂。父亲得知弟弟出生的消息，从前线托来口信，为弟弟取名"攘子"。攘是"尊王攘夷"的"攘"，联系到当时的形势，这个名字显然蕴含有保卫祖国、抗击日本侵略者的意思，是一个有时代印记和文化内涵的名字。但是弟弟上小学时，因"攘"字太难写，经常写错，老吵着要改名，后来祖父就为他改名湖生，因他是在官湖村出生的。这当然是个俗之又俗的名字，可它却跟随我弟弟一辈子，反而把"攘子"这个极有意思的名字完全抛开了。

弟弟出生不久，母亲就投身于后方的抗日宣传运动之中，外祖母从潭头村请来一个姓陈的奶妈，陈奶妈身体很好，心地善良，弟弟吃她的奶，在她的照应下，健康成长。而我却自幼瘦弱多病，弟弟3岁的时候体重已和我差不多。我们都在外祖母身边长大，但性格很不一样，他喜欢户外活动，我却喜欢坐在家里看书。我记不清从什么时候起我就有呵护、帮助弟弟的意识，但我确实从很小的时候就这样做了。记得弟弟念小学一年级时，十分顽皮，上课不留心听讲，回家不认真做作业，那时我自己才是一个小学三年级学生，就已经很为他操心，会学着老师的样子检查他的功课，也许是因为我们年纪相近，他并不听我的话，还常常把我惹哭。在学校里，每次有日本飞机来轰炸，我听到警报，都要到他所在的课室找他，然后带着他一起逃进防空洞里。有一次，一下子飞机就飞到了学校上空，我们来不及逃，我就拉着他躲进麻园的水沟里，飞机开始扫射，我怕他受伤，就用自己的身子把他压在下面，他不懂我这是保护他，警报解除以后，还埋怨我把他压在下面，让他喝了几口沟里的脏水，很不高兴。尽管如此，我还是尽心尽责"管"着他。

但弟弟小时，也有几件很受大家夸奖的事。大约是在他5岁的时候，潮汕平原大旱，到处闹饥荒，从敦本堂的后门出去是一条通往葫芦市的小路，每天都有许多逃荒的灾民从那里经过，也常有乞丐前来门口讨饭。有一天，外祖母有事外出，我们又都上学去，弟弟和一群孩子在后门外的小路边玩耍，居然在一群过路的饥民中认出他儿时的奶妈，马上跑到厨房去叫女仆李婶拿冷饭和菜出来给她吃，并喊着要送番薯和米给她。但奶妈已完全不认识他了，只顾着吃完东西跟大伙赶路。后来李婶把这件事讲给外祖母和我们听，大家都赞扬他有良心，是个好孩子。另一件事是弟弟6岁的时候，太祖婆（外祖父的庶母）去世，因那段时间，日本飞机常来轰炸，溪口村的小学停课，我和表哥表姐们都分别到外地上学，曾孙辈的孩子只有弟弟一人在家，他虽小小年纪，却能按当时的规矩，穿着一身白色的孝服，跪在太祖婆的灵堂陪来吊唁的客人，整整跪了一天，长辈都很怜惜他。

抗战胜利后，我们回到潮安城里居住，我先后在市一、市三小学念书，弟弟在市二小学念书。弟弟三年级时母亲从韶关回潮州任市二小学校长，发现我弟弟成绩不好，大发脾气，硬要他重读一年。其实按学校的规定，弟弟当时的成绩并没有哪门不及格，是完全可以照常升上四年级的。这件事，对弟弟的自尊心打击很大，性格也变得和从前不一样。原先，他顽皮淘气，此后，他却变得孤僻内向，做功课倒认真起来，成绩直线上升，小学毕业时不但考上当时潮州最好的中学（潮安一中），数学考了满分，总分是榜上第六名。初中阶段，他学习认真，积极要求上进，还被选为少先队大队长，由于数理化的成绩特别突出，所以考高中时也很顺利。他读高中那三年，我已在中山大学中文系念书，但他每月都有信给我。他高中三年级时，我在给他的信中说希望他能报考工科，争取考上清华大学或浙江大学。他回信时告诉我，他不会报考工科，他的理想是做个生物学家，他要报考北京大学。1956年，他以潮州高考第二名的优秀成绩考上北京大学生物系，尽管我不知道他为什么要选择生物专业，但还是为此感到极大的欣慰和骄傲。

弟弟到北大报到之前，先乘车来广州，我们姐弟俩欢聚了三天，我带他游越秀山，参观文明路平山堂的鲁迅故居，还一起坐小艇过珠江到中大。在小艇上，他告诉我，他之所以选择读生物，是受到他的生物老师杨锦芝先生的启发，杨先生课讲得好，上课时经常带上一些与课文相关的动植物标本，一面讲解，一面展示那些标本，同学们都很有兴趣。他自己经常在周末和假日去帮杨先生制作动植物标本，从中学到许多课堂上没有的知识。他说生物是有魅力的学科，现在中国的科技还比较落后，这门科学的更大意义在未来，所以他决心做一个生物学家。我听他充满激情地讲述这一切，觉得他的心已交给了这个学科，原先要他报考工科实在是对他不尽了解。临别时，我看他从家里带来的被褥都太单薄，冬衣也不够，就把自己平时盖的一条红毛毯给他，还把我上大学时外祖母给我的一件黑缎子面毛里子的短皮袄放进他被袋里，他拿出来看了看说，这么小他用不上，我还是把它塞进去，然后送他上火车。不久，他来信说，那件短皮袄他已让学校职工家属的缝衣店改成一件背心，很保暖。

弟弟上北大那年是1956年9月，半年后我父亲在云南被错划为"右派"，而我还没有毕业，他过了大半年的苦日子。1957年我毕业留校，一领到工资，就赶快寄给他。此后，我就一直承担他在学校的一切费用，他在北大读了五年书，还有一年因病休学来广州养病，我们姐弟俩真可以说是同甘共苦，相依为命。1959年春，我在广州结婚，他放寒假后就来广州，然后和我们一起回潮州，过了一个快乐的假期，那是他最后一次回家乡。1960年，弟弟因肺炎引起胸膜炎，学校要他休学一年，他从北京回到广州，那时我已由中大调暨南大学任教，虽已结婚，但爱人远在西北，两地分居，只有一个10平方米的单间，每月工资61.5元，要安排他在广州的住房和生活、提供较好的医疗条件等，困难多多。经过反复争取，学校同意在男单身教工宿舍租一个床位给我，终于解决了他的住宿问题。但由于他休学时病情正在恶化，每天要打针、吃药，还必须有若干营养品加以配合，一个月的费用就等于我三个月的工资。如不能保证医药和营养，一年后没能治好病，不但不能复学，还要按学校规定退学，这给我们的压力实在太大了。有一天，他从校医室打针回来，拿着手里的针匣说，还可以打两天。我听了，很伤感，也很心痛，忍不住眼泪就流了出来。弟弟毕竟是个男孩子，比我坚强，反而劝我说："有一天，是一天，不必那么难过。路是人走出来的，再想想办法吧。"后来我们学校物理系一位姓戴的老师，父亲是泰国华侨，经济情况较好，他是中大校友，又是我外祖父溪口村的族人，爱人也是我们老乡，他得知我弟弟的病况，主动借一笔钱给我们，还说可以等我弟弟病好后再分期还给他。在他的帮助下，弟弟在中山一院就医，经医生细心治疗，1961年病愈回北京大学复学。

弟弟在北京大学就读期间，成绩优秀，1963年毕业时他本想报考中国科学院研究生，继续深造，因受父亲政治冤案株连，未能实现，被分配到黑龙江省的一个科研单位，从事大豆生产的研究工作。他经过多次下乡对大豆生产进行调研，以及自己反复的实验，在我国大豆科研领域首创"呼吸抑制剂"的研究和"亚硫酸氢钠"科研成果，获黑龙江省"开创性"研究的一等奖。

"文革"初期，我受到很大的冲击，因那种冲击是突如其来的，如暴风骤雨，又不明真正原因，我内心是很痛苦的。我爱人是从事科学技术工作的人，也弄不清我为什么会有这样大的灾祸，他承受很大的压力，仍然在各方面支持、保护我。由于我们自身的处境不好，我和弟弟有很长一段时间没有联系。

1970年，暨大停办，我调到华南师范大学中文系，教第一届的工农兵学员，有一位潮州同乡要到哈尔滨出差，我请他帮我去探望弟弟，他回来说，弟弟被下放在清河"五七"干校劳动，没有见到。1971年，弟弟从干校回到研究单位，承担一个研究大豆生产方面的大项目。1972年，他因公务到上海出差，在回程时拐个弯来广州探望我，住了三天。那几天，我们谈了各自别后的许多事情，他谈到他的事业、他的家庭、他两个聪明活泼的女儿，还一起回忆儿时在溪口村避难的各种趣事。谈到家乡的亲人时，他告诉我，在我隔离在"牛栏"那段时间，是他接替我负责母亲在老家的生活费用，后来母亲去世，也是他从干校寄钱回去安葬的。临别前，我问他想带什么回去，他说东北没有糯米，就带糯米吧。我买了20斤糯米，还有他喜欢的广东腊肠、腊肉，以及其他小件日用品。我送他到火车站，他笑着自我调侃说：人们看我这个样子，会把我当走南窜北的二贩子。看他那眯着眼睛笑着的样子，我好像又看到了他小时候顽皮可爱的笑脸。而那是我永远不会忘记的。

但万万没有想到的是，"文革"后期，在"批林批孔"中，弟弟竟被作为"白专"典型多次遭受批判，为此精神连续受到刺激，1974年以后就一直为病魔所折磨。他得病时才34岁，病情时好时坏，精神好时可以在室内做一些科研和翻译工作，恢复高考以后，他被调到高校任教，我也从华师返回暨大，我们常有通信，他说自己有科学实践经验，讲课很受学生欢迎。由于当时国内尚无植物生理学教材，他自己编写了《植物生理学》教材，此教材共四册，近百万字，曾连续多年为东北农业大学所使用，并成为当时一些高校同行的重要教学参考资料。

1986年6月，父亲逝世，我和弟弟接到云南省委组织部和老干局的电报，分别从广州和东北赶到昆明，与父亲告别。在追悼会上，弟弟见到父亲的遗容，放声大哭，然后转身跑到门外。那是他有生以来第一次也是最后一次见到父亲。

弟弟聪颖、善良、上进，早在青年时期，已有自己的学术追求和科学理想，但因受风雨挫折，34岁就为疾病所困，不能实现他的抱负和理想。如果不是这样，依他的性情和学识、他对专业的热爱和执着，是有可能在植物生理学的研究上做出更大成绩的，对此，亲人们为他叹惜，我为他心痛。记得1982年，他在病中一个人乘火车来广州找我，别的都没有带，只带了他编写的四册植物生理教材，并再三叮嘱我，要为他保管好，以免被人"抄"了去。我真的一直为他保管这套教材，在他去世以后，才将它烧了，以寄托我的哀思。

（原载《香港文学》2007年9月）

一种别样的情愫

师兄走了，如此匆匆。匆匆，是我的心里感觉，据他的学生说，他已经卧病多时，几度住院，最后一次，也在医院里住了整整12天。由于久病，大家都不大注意，突然急性发作就救不过来，逝世时除了医生、护士，身边竟没有一人送他。这些年，他有心脏病，我是知道的，但没想到他会走得这么快，就这样和我们永别了。

师兄走了，我很后悔在这之前没有抽空去探望他。我的朋友很多，但他是最特殊的一个，平时我们疏于交往，而内心却时时系念着，因为彼此信任和了解，所以见面时也言语不多。现在他已远行，我们所能做的只有怀念。

师兄是我大学时代最敬爱的学长，他高我两班，是他所在那个年级的优秀生，不但学问做得扎实，词也填得好，当年讲授词学的冼玉清先生就十分赞赏他的词作。在我的记忆里，他当时主要的兴趣是在中国古典文学上，已在国内有影响的学术刊物上发表过论李白诗歌的长篇论文，得到老师们的好评。他是个文静、言语不多的人，初见时不会给人留下深刻的印象，但只要和他接触、对话，或探讨学术问题，他的才华、智慧、气度，就会令你久久难忘，他的才子气是在骨子里的。

记得我第一次见他，是在学校大钟楼团委会的《共青团园地》编辑部。那时我刚入学不久，校团委的领导从档案上知道我在高中时曾担任过学生会和团刊的编辑，要我参加《共青团园地》的工作。那是一张有如《参考消息》那么大的小报，每周出一期，每期四版，每版设有若干相对稳定的小栏目。师兄是这个小刊物的负责人，另外一位是西语系高年级的同学，就是20世纪60年代初出版的长篇小说《勇往直前》的作者，加上我一共三个人。师兄给我的第一个任务是每星期写一篇短文，拟发于《大家谈》栏目上。我自以为是，一连写了三篇给他，可是竟一篇都用不上，我内心懊恼，他看出了我的情绪，拿出以前发表的《大家谈》文章给我看，并指出这种文章是短论，不但文笔要好，要精练，关键是要有针对性，要"抓问题"，写文章是要去解决发现的问题，这样才言之有物。我们从大钟楼出来，经过马岗顶的林荫道，沿着荷花池边的小路，走向"新女学"女生宿舍，他一层一层地说，像教导小妹妹那样，当我和他分手，登上"新女学"的台阶时，我的懊恼已消失尽了，心中充满对他"启蒙"的感激。

他大学毕业后在中文系继续攻读古代文学史研究生，两年后我也留在系里古典文学教研室任助教，我们的导师都是王季思先生。由于有以往在一起工作的经历，彼此的交谈会比别人多些，主要是学术上的切磋。那段时间，他在学习方法上给我的指点很多，他认为我学习勤奋，也有悟性，将来是否有成就主要是取决于我的毅力。那时他已成家，而且学术的兴趣也开始向哲学和美学方面转移，最后研究生还没毕业就转到哲学系任教。王先生一直厚爱他，对他有很高的期望，他的转系令先生十分伤感。为此，我曾批评过他，但他无语以答。此后，因为大家都忙，我们很少联系。事实上，依他的性情，从事文学研究是再合适不过了，谁也弄不清他为什么会突然转向哲学，虽然后来他在哲学教学与研究上也很有成绩。

1958年我调到暨大任教，由于工作忙，很长一段时间我们没有联系。直至1963年冬天，我们都先后被抽调到农村参加"四清运动"，地点在湛江地区高州县，他所在工作队进驻石古公社，我所在工作队进驻镇罡公社，这两个公社毗邻，我们偶尔会在农村的圩日见到。在一个工作队的休息日，他突然来镇罡找我，说是我们队里的人告诉他，我搭住的"三同户"的孙女有肺病，经常吐血，而我却和她住在一起，他要陪我到县人民医院检查身体。我自觉没有什么不适，但有感于他的诚挚和执着，就跟着他坐上一辆顺路的手扶拖拉机上县城。检查的结果说明我的肺部没有事，我们都很高兴，看时候还早，便一起沿着公路步行回去，在路上休息的时候，他还低声唱了一首范仲淹的《苏幕遮》，说这支歌的曲子是他念中学时的音乐老师自己谱的，此前以后，我再也没有听人唱过这首歌。

"文革"期间，我遭受迫害，被隔离在"牛棚"审查，爱人下放韶关钢铁厂，家里只有两个女儿跟着老保姆，据保姆说，他曾几次来家里探望她们。

20世纪80年代，我们都被选为省社联主席团成员。有一次，在从化参加主席团会议，黄昏时候，大家一起在流溪河边散步，他对我说："你知道吗？早在50年代，我在心中就有一个与你的'约会'，预约若干年后，我们能在各自的事业上做出突出成绩，在高层的学者会议上相见。现在不能说这个'约会'已经实现，但我们已走在实现这一'约会'的路上。"又说："学术之路是艰苦的，我一直担心你没有毅力走下去，没想到你竟一直走下来。"之后，我们会在一年一度省领导召开的小型迎春宴会上相见，但因为每次均来去匆匆，未能深谈。记得我最后一次见到他，是2005年春节钟阳胜副省长在珠岛宾馆举行的迎春宴会上。那天参加宴会的学者有五六十人，是西式的中餐，不分桌，大家围成一个大的椭圆形，每道菜都是分份端上。他刚好坐在我的斜对面，我的对面是夏书章先生、吴宏聪先生，他们二位都是我的老师。席间，我过去给夏、吴二位先生敬酒，也向他祝酒问安，见他满脸焦虑，形神忧伤。他说："对不起！我不能喝酒，也无力站起来，只能坐着和你碰个杯！"吴先生在旁补充道："他有心脏病，喝不了酒。"没想到那次竟成了永诀。

他的噩耗传来，我刚好要到外地主持一个国际学术会议，匆匆中嘱他的学生代我致送花圈，回来后才知道，按他的遗愿，追悼会、告别仪式都没有举办，只有他历届的研究生自发地召开了一个追思会，我在一些报纸上看到有关追思会的消息，还有他昔日和学生一起的照片。虽如此，比之他生前在学术上的成就，我心中总有憾感。

大概是我心中总有遗憾，前不久，他竟然在我的梦中出现：梦境朦胧，像是去参加一个什么会，在一个背山临水的大酒店门前，台阶很高，我和许多人正往上走，他在酒店门口举起手和我打招呼，我刚想回应他，梦就醒了。梦中的他，没有晚年的病容和焦虑，依然像从前那样矜持、儒雅，看来他的在天之灵已完全摆脱了病魔的困扰和世事的烦忧。我把这看作一个来自上天的信息，如若真的这样，我也可以释然了。

（原载《大公报》2006年8月6日）

我们家的阿姆

　　阿姆姓胡，名淑佳，是我们家的老保姆，她带大了我的两个女儿，和我们一起生活了近八年的时间，那年如果不是她女儿又生了一个小外孙，要她回去照顾，她会一直在我们家住下去。离开我们以后，阿姆老是记挂着我的两个女儿，孩子们长大了，出嫁了，也从没有忘记她。

　　阿姆原是惠来海边贫苦渔民的女儿，17岁时嫁给靖海镇一个帮人家卖鱼的人，出嫁时因家里太穷，买不起嫁衣，只好借她表姐的一套红衣服穿着到男方家去。几年后丈夫因病去世，留下一子一女，那时她才23岁，年纪轻，容貌姣好，许多人看她拖儿带女，生活凄苦，劝她改嫁，她执意不肯，还把平时用的水粉、镜子和花头巾等，捆在一起丢进村边的河里，并发誓从此不再照镜子。她靠着自己的两个肩膀，给人家挑东西，硬是把一对儿女拉扯大。20世纪60年代初，一位在广州军区工作的惠来老乡回家探亲，看阿姆老实可靠，就介绍她来军区给人家当保姆，带孩子。

　　阿姆来我们家，在1968年四五月间，那时"文革"的最大风暴刚过，我已被"解放"出来，大女儿很小，小女儿即将出生。不久，我的小女儿诞生，阿姆悉心地照料我，就像亲妈妈一样。但没想到我产假刚满，红卫兵就来通知我去参加"学习班"，这种"学习班"是带有强制性的"思想改造"性质，要集中住宿，白天劳动，晚上写思想检查，检讨自己的人生观、文艺观等，不准请假，不能回家。我爱人是工程师，当时已随科技系统下放博罗农场，家里两个小女孩就全靠阿姆照顾。阿姆尽心尽力，没有半点埋怨，她想我必定很记挂家中的孩子，有一次，听说我们在校园的花圃劳动，就有意带两个小孩在花圃的周围走来走去，意思是让我看看孩子，我远远地看她背着小的，牵着大的，绕着小路慢慢地走，孩子无知，我的心在流泪，从心底里感念阿姆的这种体贴。"学习班"结束，要下干校，我回家收拾行装，想到又要和两个孩子分开，小女儿才五个多月，很是难过。阿姆见我伤感，便劝我要保重身体，还说："有大人在，孩子就好。"后来我们的邻居告诉我，那段时间，有时红卫兵来家里抄查东西，阿姆便拿出自己"贫下中渔"的居民证跟他们论理，保护我们两个女儿不受惊吓。她还曾对他们说，我和我爱人都是好人，好人会有好报，不会一辈子受冤枉。如果学校停发我的工资，她就带两个小孩回惠来靖海，捕鱼抓虾养她们，等渡过难关，我们会知她的情的。我听了这些，内心很是感动。

阿姆人穷志不穷。我在干校一年，回家数次，每次回来总听到邻居夸我们阿姆如何好，还有关于她拾金不昧的事，说有一次，她背着我们小女孩到市场买菜，捡到一个钱包，里面有数目不少的钱，她马上交到附近的派出所；又有一次，她带小孩在操场玩，拾到一块手表，那个时候手表属于很贵重的东西，但她很快就交到家委会去，回来还很高兴地告诉他们，说她交上去了，家委会的同志在本子上登记了，希望那个丢失手表的人能领回它。邻居的几位老太太听了，对阿姆都十分敬重。

阿姆不会说太多的道理，但她总会在行动上表现出她的慈爱和对人的关心体贴。在我下放干校期间，我把家里的银行存折和不多的现款都交给她。因她语言不大通，还请邻居汕头籍奶奶每月和她一起去财务处领工资，然后由她安排，她不认得字，不会记账，就把每月用剩的钱用红纸包起来，依次排列放在抽屉里，等到我回来就把这些红纸包交还给我。1969年冬天，我从干校调回来，阿姆领着两个孩子来校门口接我，我看两个女儿都穿着不合身的全新大红毛衣。我向来很注意女儿的穿戴，从没买过这样的衣服给她们，不知阿姆从哪里弄来这两件衣服，但看她们三个都似乎很高兴的样子，不想马上询问。到家以后，阿姆叫她们姐妹站到我面前，问我："你觉得她们穿的毛衣好不好看？"我说："颜色可以，就是太大太长了，你从哪里找来的？"她很得意地告诉我，这是她从家里日常费用节省的钱买的毛线，请隔壁上海婆婆给她们织的。大女儿也争着说阿姆如何带着她俩到石牌商店买毛线，还催促上海婆婆要快点织，赶着在我回来前织好，并交代她们先不要告诉我，好给我来个"欢喜"。这就是我们家的阿姆！这两件毛衣我回来以后孩子们已很少穿，但是珍惜阿姆的这份情谊，我一直没有把它拆掉重织。阿姆的这次"杰作"，至今仍是我和孩子们心中具有经典性的记忆。

阿姆在我家这么多年，我从来没看过她照镜子，带她上街，每次见到镜子，她总是低着头走过。我的小女儿小时知道她不照镜子，调皮的时候就拿镜子在她面前晃一晃，她便害怕地走开，女儿就追着她嬉戏。"文革"后期，暨大停办，我们搬到华师，要给她做一个临时身份证，动员她拍照片，她首先问的是要不要对着镜子，我说不用，拍照片时，别人看到你，你看不到自己，她才肯跟我到照相馆拍照。等我把照片拿回来，她一看就不断摇头，说那不是她，她怎么会变成这样，接着就大哭一场，因为她记忆中的自己，还是年轻时候的样子。那张照片让她告别了过去，认识了自己的今天，尽管如此，阿姆依然回避镜子，像以往一样。

阿姆的儿子生存环境不好，她在我们家总是省吃俭用，把大部分工资寄回农村养家。阿姆穿的是传统的大襟衫，宽大的裤子，这种衣服在街上已买不到，每逢过年，我都会买一两块布料给她，她就请人裁剪后自己用手工缝制。她特别喜欢灯芯绒，我就买灯芯绒给她做上衣，黑色的、深蓝色的、咖啡色的，她都视为贵重的礼物，十分爱惜。有一年，她看到隔壁的老保姆七姐买了一双尼龙袜子，非常羡慕，因为当时的尼龙袜子还是很新鲜的东西，她回来就坐在我旁边跟我说："我什么时候也能买一对这样的袜子就好了。"我记住了这件事，到过年的时候，我剪了一块黑色的裤料，还买一对黑尼龙袜子送给她，她高兴得到处拿给人看，令我很不好意思。谁知道她刚穿了一次，洗后晾在外面，就被小偷偷了。阿姆十分伤心，搬了一个小凳子坐在公共的院子里大哭，骂那没有良心偷她袜子的小偷。我从外面回来，看到院子里围了许多人，几位老太太正在劝说她，我弄清缘由，扶着她回家，说以后再买一对给她，但她不愿意让我破费，却又念念不忘那对黑色的尼龙袜子，闲时常唠叨这件事。

小女儿逐渐长大，我们送她上幼儿园，阿姆心里很不快，老担心小孩离开她吃不好、睡不好，几次在我面前说，小孩跟着她好好的，为什么要花钱上幼儿园？又怕她在幼儿园里受委屈，每天买菜回来，阿姆总要到幼儿园门口张望，或到我女儿课室的窗口去看。下午去接小孩回来，也总是提早半个小时在门口等。有一次，我的小孩太顽皮，上课时不守规矩，被老师罚在大厅和几个孩子一起站堂，阿姆看到了，就冲进去找老师，说孩子太小，不能站堂，老师说这是园里的纪律，她说，是纪律，我没意见，小孩是我带大的，她有错，是我没带好，由我来代她站，然后她自己就去站在那些孩子中间，叫我女儿坐在旁边，惹来许多孩子围观。老师见如此，叫阿姆别站了，带我女儿回家，阿姆说，是纪律，就要站够时间，不能提前回去，就这样一直站到放学。此事从幼儿园传遍了家属区，成为"奇谈""美谈"。还有一次，小女孩病了，不肯喝中药，我爱人气坏了，要打她的屁股，阿姆看到这个情景，就用身子去挡我爱人的手，最后自己手上受了一点伤。我的一位好友梁老师用单车搭她去看医生，医生说："咦，你老太太怎么伤在这个地方？"她就讲："我去买菜不小心碰到的。"回来后梁老师把她的话告诉我，我对她说："你应该说我们打孩子错手打伤了你。"她说："那可不好，会造成误会，传歪了还以为你们打保姆，冤枉了好人。"可见她是把我们当成自己的亲人维护着。

我在华师中文系任教时，经常要带学生外出"开门办学"。每次外出，我都把私章交给她，要她到时候去办公室领我的工资。有时系里的同事知道我出差，也会送到家里来给她。有一次，一位姓郑的潮籍老师热情地给她送工资来，因我事先没有交代，她又不认识他，就坚决不肯接收，还说："我不认识你，你送来的钱我不能收。"弄得那位老师十分尴尬。我回来后，郑老师告诉我这件事，我就专门请他到家里来跟阿姆认识，她拉着郑老师到窗前就着阳光看了又看，笑着道歉说："你长得很面善，那天晚上我没看清楚，把你得罪了，真对不起噢。"

阿姆还乐于助人。我们系有几个年轻教师还未成家，有时校园的鱼塘干塘，会给每位教师分一些鱼，阿姆就叫他们把鱼送来，用我们凭户口本配给的油，帮他们煎好送回去。她常说："离家的人困难啊，我们有这个家（她是把我们的家当她的家），就理该多一点帮助人。"阿姆经常会帮助那些比她更老的老人，凡是那些老太太有什么事来找她，她都会立马就去帮忙。老太太有病，她扶着人家去看病；老太太拿不动蜂窝煤，她去帮人家拖；老太太的孙子调皮，抓不着，她去帮她追回来。总之在我们的宿舍里，阿姆的美名传遍那个家属楼。

但是阿姆的命苦，女儿把她接回去以后，日子并不好过，她在海边的小渔村过得别别扭扭。阿姆不认识字，不会给我们写信，有时她家乡来了一两个渔民，会给我们带一点口信，我们才知道她回家后的处境，定期给她寄一些钱。有一次，她和她的孙子狗精跟着渔船到广州来小住，她告诉我，过去我给她的被褥都旧了、破了，我爱人就重新给她购置了一套，还给她一些现款，回去的时候，我的大女儿把她当月的工资拿了一半出来，小女儿那时在大学读书，也从她获得的奖学金中拿一些出来，然后给阿姆用布缝了一条裤带，把这些钱放在这条布的裤带里，帮她束在腰间，随船回去。

我们没有去过阿姆的家乡，据她家乡来的人说，阿姆家的厅堂上一直挂着我们全家的照片，还有我两个女儿小时的照片。近几年，听说阿姆年老有病，行动不便，我们便寄钱给她儿子，要她儿子请医生给她诊治，她儿子也常常在收到钱之后来电话，给我们说一点有关她的消息。前年，我和爱人想到阿姆已经90多岁了，打算到靖海去探望她，但是由于工作繁多，终未成行。今年春节的年初六，她儿子给我们来电话，说阿姆走了，叫我们不必再寄钱回去了。我一直因为没有抽时间去看她，而非常自责。因为阿姆在我们家里就有如我们的亲人，她的远行对我们来讲，也如一个亲人和我们永别了，我们全家都希望她在天庭安息。

（原载《家庭》2006年第11期）

我和外孙女阳阳

阳阳是我大女儿的女儿，15岁，今年刚考上高中。在阳阳的成长过程中，我们婆孙俩不仅有那种"隔代亲"的感情，还有关于怎样写作文、怎样阅读和欣赏文艺作品的许多交流。我觉得我这个外婆做得很尽责，而她也给了我许多意想不到的快乐！

阳阳不满1岁时，大女儿的房子要装修，就让小保姆阿娟带她来我这里住，开始来时，她还不会说话，可是长得胖墩墩的，甚是可爱。我那时在学校任副校长，还要上课带研究生，每天都忙得不可开交，但下班回来，看她坐在我客厅的地毯上和阿娟嬉戏，就很开心，整个精神立即放松下来。我叫阿娟教她学叫"婆——婆"，她便一遍一遍地学着。有一个星期天，我起来后到隔壁房里看她醒了没有，谁知打开蚊帐，她一见到我，自己就叫"婆——婆"，我亲了亲她，把她抱到阳台看花。以后，我从外面一回来，她就会主动叫"婆婆"。这是她会说的第一句话，第一句话就叫我，我心里想：这孩子和我有一种特别的缘分。

我们家两个女儿的皮肤都比较白，阳阳小时候皮肤却较黑，估计是周围的人见到她时常说，这孩子皮肤怎么不像妈妈？这对她小小的心灵有一点负面影响。阳阳的生日是农历八月十五，是传统的中秋佳节，每年她生日，我们都合家团聚，她2周岁生日时，穿着一条红白相间柳条纹的新裙子来见我，我说阳阳今天真漂亮。她用两只胖胖的小手围着我的腰，仰着脸问我："婆婆，我今天是不是白了一点？"我说：不关"白"不"白"的事，你本来就很可爱，今天穿这条新裙子，长短、花纹和颜色都很好，所以就显得更漂亮。我还告诉她，不一定皮肤白就比皮肤黑的漂亮，黑也有黑的漂亮，现在国外一些地方正流行小麦色皮肤，就是她这种颜色的皮肤。我拿出我们家正在用的黑人牙膏、黑妹牙膏给她看，说它们都是黑的，却很有名，受到人们欢迎，你不知道，电视剧里还有一个黑猫警长呢。她听了十分高兴。后来听阿娟说，有一次她带阳阳去女儿家附近的公园玩，阳阳听见一位老奶奶指着身边自己的孙子跟阿娟说，这孩子太黑，像是从农村捡来的。她就说："黑有什么不好？我婆婆说现在有许多地方的人都想把自己的皮肤变成小麦色，就是我这种颜色，这个哥哥比我黑，以后还可以当黑猫警长呢。"听阿娟告诉我的这件事，我觉得在阳阳小小的内心世界里，已不存在那点"黑"的阴影，而且对自己有信心了。

阳阳3岁时，就喜欢用铅笔在纸上画她自己的"画"，大一点的时候，我大女儿发现她喜欢画图画，给她买了各种颜色的画笔、画本还有其他的用品，于是她有了自己的小书包，周末到我家，把小书包也带来，常常一个人趴在我的大书桌上画画。因我家阳台有各种各样的花，她开始时是画花，后来还画太阳、月亮、星星、人和汽车等，每张画的构图都很有童趣，对色彩的使用也特别好。有一次，我的侄子也带着他儿子迪迪来我家，两个小朋友到屋外玩，迪迪在大树下跌倒哭了，她就把他带回家。刚好我小女儿从国外打电话来，阳阳就告诉我小女儿，说自己会画画，而且一放下电话，她就拿出画本，画了一棵大树，左边是一个穿花裙子的小女孩站在树底下笑，右边是一个穿吊带裤的小男孩扁着小嘴在哭，然后撕下来，签上自己的名字，要我用家里的传真机传给她姨姨，还叮嘱我要替她在画上写着："笑的是我，哭的是迪迪，他跌倒了。"我小女儿看到她的画，十分高兴，说阳阳用画告诉她和迪迪在屋外玩耍的事，很传神。

我把阳阳每次来我家画的画收集起来，订成册，闲时拿出来看，觉得这孩子蛮有灵性，在她6岁半的时候我从这些画中挑出比较有灵气的五张，让她妈妈送到少年宫，得到在少儿艺术教学上很有成绩的关小蕾老师的认同，阳阳7岁就进入广州市少年宫学画。八年多来，经少年宫的培养和推荐，她的画获得过许多奖励，她在不同年龄段都获得过国家教委和教育部颁发的奖，还有为纪念香港回归而设立的紫荆花大奖。2003年元旦，广州市少年宫和省文联、作家协会联合举办少年儿童文学艺术作品比赛，统一命题，作文或作画，大的主题是"中华文化的凝聚力"。这个主题当然很有意义，但小孩子要艺术地表现它，难度很大，没想到阳阳的画居然在比赛中获得了一等奖。

举行颁奖典礼时，刚好我被聘为颁奖嘉宾，给获一等奖的阳阳颁奖，婆孙俩一个颁奖、一个领奖，真是一种巧合，我们都感到很高兴！这也引起了在场媒体的关注。颁奖之后，我和其他的嘉宾、记者参观获奖作品，仔细端详阳阳那幅挂在墙上获一等奖的画，觉得她的艺术想象力真的很好，她画的构图是一叶大秋海棠叶似的中国地图，在这"叶"子上借助不同颜色的混合调配，画了象征56个民族的不同色彩、形态的花朵，还重用了金色和银色，使整个画面显得十分灿烂和跳跃，很有动感。而当时她才是一个小学五年级的学生。事后她在课堂上写了一篇文章《婆婆为我颁奖》，描述那次颁奖典礼和她自己的心情，得到老师的表扬。阳阳不是一个多话、张扬的孩子，她没有跟我说过这件事，我也没有看到她的这篇文章，而是间接从她的语文老师那里得知的。但是，阳阳十分珍惜那次颁奖典礼上《南方日报》记者为我们拍的照片，一直将它摆在她自己小书房的柜子上。

阳阳进少年宫学画之前，已开始学钢琴，到2006年通过九级。阳阳学什么都认真，练琴也是一丝不苟。她9岁时，有一个星期天我们到大女儿家，刚好她爸妈有事外出，只有她一个人在家练琴，我想带她出去玩，她用手指着墙上的挂钟，告诉我10点以前是她练琴的时间，要我们等她。我和她公公都觉得这个孩子有一种自律的精神。阳阳每年通过考试钢琴进级，我们婆孙常常高兴得相拥，一起喊着："阳阳是婆婆的阳阳，婆婆是阳阳的婆婆！"这成了我们相互庆贺与交流的一种默契。阳阳10岁时钢琴已弹得不错，曾在华师大艺术系举办的少年儿童音乐会上独奏《胡桃夹子》，得到大家的好评，我们全家都很为她感到骄傲。前年，有一次我周末去女儿家，听阳阳在弹准备考九级的一些曲子，其中有一首《台湾，我的骨肉兄弟》，我问她为什么要选弹这首中国的曲子，还告诉她："钢琴是西洋的器乐，弹西洋的曲子会更好把握。"她说：钢琴是西方的乐器，弹西方曲子比较容易进入，弹中国的曲子要困难得多，但为了提高自己的水平，就得选择一些难度大的曲子练习，反复弹，把它弹熟弹好。我看到她在琴谱上写的自我提示是："情感、节奏、身体语言、民族特色"。我觉得这个孩子对音乐也有她的悟性。

阳阳上小学三年级时转来暨大附小就读，她的学习成绩一直很稳定，每次考试都是班上第一名。她上五年级时，我见她功课很多，一放学回来就打开课本做功课，便问她是不是学习得很辛苦，她说不是辛苦，是紧张。我说辛苦和紧张有什么不同，她说辛苦是有困难、有问题，学不懂或者是自己不想学硬要学，紧张是自己想要学的东西很多，时间不够用。六年级期末考时，我问她：要考试了，你怕不怕？她说不怕，复习好了，还怕什么。我说有的小孩复习好了，到考试时还怯场，她说："怎么会这样呢？我不会。"因她学习认真，又有自信心，所以一直是她那一年级最优秀的学生之一。

初中她上的是省实验中学，省实是名校，而且面对全省招生，集中了许多优秀的小孩，开学后她感到有点压力，给我打电话说在省实念书不容易，不像在小学的时候。我劝她不要给自己太大的压力，她说怎么会没有压力呢，我们学校到处都是人才。我问她是什么样的人才，她说各种各样的人才都有。第一次全年级考数学之后，她在电话中很高兴地告诉我，题目有点难，但她全做对了，而且还提出了两种解题的思路。但是卷子发下来后，她又有些沮丧地告诉我，老师在讲评时说，全年级解得最好的人有四种思路，她觉得自己还是落后了，要努力地赶上去。初中二年级的暑假，因为她考试成绩很好，在全级700多名学生中名列前茅，为了奖励她，我和她公公带她去东北旅游。出发前，她说想利用假期看《红楼梦》，我就买了一本装的《红楼梦》给她，她在跟我们的两周里，白天参观游览，晚上就自己读《红楼梦》，看不懂的便提出来问我。有一天，我们在大连的海滩上，她跟我讨论怎样写作文的问题。我告诉她，提高写作能力可以有许多途径，但是对小孩子来说，养成写日记的习惯是一种最好的方法，从那以后她每天都记日记。开学以后，她升上三年级，初三的语文课本中有一课"香菱学诗"，因阳阳刚读完《红楼梦》，在课堂上讨论时她的发言得到老师赞赏，老师要她到其他班上做讲演。阳阳按老师的安排到别的班做了讲演，获得了很多掌声。那天她回家就很高兴地打电话告诉我说："婆婆，我今天在学校里讲《红楼梦》，很成功！"阳阳对自己取得的成绩，一向都很低调，这是她第一次用"很成功"这样的字眼来告诉我。我问她你讲什么，她说："我讲'香菱学诗'。谢谢婆婆！我以后还要多读经典著作。"

阳阳很喜欢英语，初二时已读完《外国名著简写本丛书》（英文原版），并且参加了全省的初二、初三级学生英语作文比赛，经过评选，评出50篇优秀英语作文，阳阳也是这50名获奖者之一，参加了主办单位在大学城的颁奖典礼。回来后我问她颁奖的情况，她说50人中还有3名是最优秀的，她自己只是一般的获奖者，今后还得努力提高英语的写作水平。我就聘了一位刚退休的优秀英语教师教她，一周给她上两个小时的英语口语和写作课，她每周末都去学习，进步很快，老师也很喜欢她。阳阳升上初三以后，省实在学生中组织了一次业余艺术比赛，她为电影《傲慢与偏见》中的女主角做英文配音，获得了艺术奖二等奖。

初三下学期面临中考和毕业，阳阳很想能直升他们学校的高中，学习就更加努力。我告诉她，不一定样样都要第一，只要自己认真学习，如果期末考能在全级前50名就很好了，她说不，起码也要前20名。结果她的期末考成绩突出，初中六个学期总平均成绩是该年级18个优秀生之一。我得知这一消息后就跟她说：你可以稍微放松一点，中考时只要保持平时的水平就可以了。她说，不，我还是要考出好成绩。最后揭榜，阳阳考试的总成绩是756分，在广州市近12万的考生中，竟是全市第六名！我们全家都非常非常地高兴！

（原载《韩江》2007年第6期）

第三辑

花到深处更知香

大学印象50年

我1953年考上中山大学，1957年毕业。毕业后，一直在大学里教书，到明年我就从教50年了。刚毕业时，我在中山大学中文系当助教。1958年暨南大学在广州重建，因工作需要，我被调到暨南大学。1970—1977年，暨南大学停办期间，在广东师范学院（今华南师范大学）执教7年。1978年暨南大学复办，我又返回暨大。从我在广州的生活经历看，不同时代城市社会中的人们对大学的看法并不完全一样，人们心目中的大学形象有过几度大的变化。

20世纪50年代的大学，在人们心中是高雅的学堂，精英教育的园地。记得我进入中山大学学习时，正是全国性大学院校调整的第二年。中山大学刚从石牌中大旧址（今华南理工大学和华南农业大学所在地）搬迁到珠江南岸的康乐园，康乐园原是旧岭南大学校址，红墙绿瓦，到处绿草如茵，校园幽静而雅致，就学校环境而言，与我们现在在美国和欧洲看到的一些大学差不多。那时候，广州市区没有这么大，广州市内主要有五大院校：中山大学、华南工学院、华南农学院、华南师范学院和中山医学院。华南工学院、华南农学院留在石牌原中山大学旧址，校园很大，树木多，环境也很好。中山医学院在市中心。华南师范学院是在解放初期建立的南方大学旧址。南方大学是革命大学，校园很朴素，没有大的建筑物，礼堂是个大草棚搭成的，但不嘈杂，是刻苦念书的地方。

那时候，各大学师生均佩戴校章，周末上街也如此，教师戴的是红色校章，学生戴的是白色校章，我留在中大中文系做助教时，系里把我的白校章换成红色的，心里有说不出的激动。坐在公共汽车上，凭不同的校章就可以知道哪些人是哪个大学的教师和学生。我们到街上买东西，人家看到你是大学生，对你的态度会很客气。校外的同龄人知道你是五大院校的学生，会觉得你是他们中的佼佼者。在一般情况下，大学校园不对外开放，允许人探访，但必须登记，一切都很规范、静谧。

举一个具体的例子，我在中大念书时，全校的女生都住在"新女学"宿舍，那是学校最漂亮的一幢三层西式大楼，有很宽敞的走廊、现代化的浴室和洗手间，还有很大的置放杂物的地下室。新女学后面是一片小树林，门前两边是草坪，草坪尽头是荷花池。这幢宿舍有一个别号叫"广寒宫"。每星期天是中大校园对广州市民的开放日，许多市民会带着孩子来学校参观、游览，"广寒宫"是人们参观的一个重点，有的市民还在门前拍照留影。

50年代以后，大学的数量比以前增多，内涵也有了一些变化，主要是政治性的因素相对强化了。无论是教师还是学生，都要面对一个知识分子世界观改造问题，因而要走出校门，参与各种社会活动，有时还要到工厂、农村劳动锻炼，记得我还带过中文系的学生到梅县采风，到芳村修铁路，还到广州郊区炼钢铁。这跟以前那种书斋式的大学生活相比较，大学与社会的距离相对缩短了，但在管理上教书育人还相当规范，大学形象在人们心中并没有太大的变化。

20世纪70年代末到80年代的大学，是学子云集的地方，也是城市社会中一个朝气蓬勃的人文基地。经过10年"文革"的动荡，正常的大学教育秩序恢复了，通过全国高考进入各大学学习的学生，是他们那一代人的佼佼者，当中有不少人是来自工厂、农村，有一定的社会生活体验，进入大学后不但如饥似渴地学习专业知识，也善于思考，思维活跃，对社会发展中的问题能够积极回应，使大学校园充满生机，大学成了城市社会生活中一个重要的人文精神基地。

90年代，随着社会的变化发展，广州作为一个国际化的大都市，高等学校林立，教育规模日益扩大，大学的内涵和外延有了很大的拓展，人们心目中的大学形象也产生很大的变化，主要的感觉是：大学日益社会化、大众化了。

之所以会有这种感觉，一方面是社会发展了，为了适应社会各方面的需要，有条件的大学都实行多层次办学，除了高学位、不同层次的研究生和全日制本科生外，还有成人教育，以及各种专业培训班等，大学是开放型的大学，已不像以前那么"纯粹"，在某种程度上，大学与社会在许多方面是互动和相互渗透的；另一方面是学校扩大招生以后，出现了学生就业难的问题，从而使一些学生心理上出现这样或那样的问题，如不够用心学习，功利心较强，热衷于社会活动、搭人际关系，生活和学习都显得比较浮躁，有理想、有学术追求的学生越来越少。这些问题与现在社会上存在的实用主义成风、理想主义弱化，有直接的联系，使人感到学校有如社会，领导和教师也要去面对许多这一类的社会化问题。

从前的大学，大师名师荟萃，他们的言传身教，对学生有很大的影响。我在中大学习时，各门课的主讲教师都是名教授，如教中国古代文学史的是詹安泰先生、黄海章先生、王起（王季思）先生、吴重翰先生，教文字学的是容庚先生、商承祚先生，教中国戏剧史的是董每戡先生，教文艺学概论的是楼栖先生，教中国历史的是刘节先生，教自然辩证法的是罗克汀先生，教历史唯物主义的是丁宝兰先生，教马列主义基础的是夏书章先生。我毕业留校任助教以后，还修过陈寅恪先生为文科助教、研究生开的专门文化课"元白诗笺证稿"，先生眼睛看不见，这门课是在他家的客厅上的。陈先生是世界公认的中国大师级的学者。那时，诸位先生和我们学生并没有太多的个人接触，但他们的讲课学术个性都非常鲜明，各门课虽都有讲义或指定的参考教材，可是先生们讲课时都不是照本宣科，而是抓住重点和问题的要领，讲自己的独特见解，也发表他对各方学者不同见解的评论。先生们通过自己的讲学，激发我们的学术追求，培养我们独立思考的能力，激励我们努力去做一个有创新精神、有人格力量的人。那是一种很难得的学术熏陶。

现在的大学，一方面是由于我国经济实力的增强，有更大的发展空间；另一方面是国际上多元文化形势的影响，已日益现代化，在内涵和外延上与从前大不一样。但从那些著名的大学看，它们在发展的过程中都承载着自己的历史文化传统，正是有这各自不同的历史文化传统的融入，才形成了各个大学发展的不同模式、路径和特色。同从前的大学比较，现在教育的内涵要丰富得多，主要是专业多、层次多，而且交叉学科、新兴学科，如雨后春笋，醒人耳目。整个高等教育正处在一个大的动态发展中，这与国际上科学的发达和学术思潮的变迁有密切的联系。但大学的发展不能脱离国情和历史文化传统。建设和谐社会，是中国经济规模和社会结构发展到现阶段的必然要求，和谐社会的核心是以人为本，文化发展的动力、主体和目的应当体现人的全面发展。因而大学的文化教育也应体现这一基本诉求，要有浓郁的文化氛围和良好的人文精神。这是体现人的全面发展的有关教育，是直接关系到学生人格、人文精神的终极关怀的培养，是教书育人的奠基工作之一，是关系到年青一代灵魂塑造的问题。

（此文是《城市社会中的大学形象》一文的第一部分，原载《城市文化评论》2007年6月）

詹安泰先生给我的两点学术启示

—— 从研究柳永的词说起

　　我于1953年考入中山大学中文系学习，1957年毕业。毕业后留校在古典文学教研室任助教。1958年暨南大学在广州重建，因工作需要，调到暨南大学中文系，从事文艺理论教学与研究工作。我在本科学习的四年，是中山大学名家荟萃的时代，修读过许多著名教授的课，在当助教期间，又修听过陈寅恪先生为中文、历史两系青年教师开的"元白诗笺证稿"课。老师们的学术造诣、他们的治学方法、他们对学生的严格和宽容，都深深教育了我，在我心中内化成一种精神、一种与个人情感相联系的学术追求，我后来在教学和研究工作中，能长期保持积极进取的状态，正是得益于那段时间所奠下的基础。我念大学时，主要的兴趣是古典文学，而在这方面，詹安泰先生是我学术上的启蒙老师。

　　我第一次拜访詹先生，是在入学以后不久的一次礼节性拜访。因詹先生早年和我外祖父同在广东省第二师范学校（韩师）任教，交往甚多，外祖父的诗集《听鹃楼诗草》还有詹先生作的一篇序文，家中长辈嘱我入学以后要去拜见詹先生。那时詹先生一家住在中山大学西南区64号，我在下午4时左右前往拜见，先生和师母见到我都十分高兴，跟我讲了许多家乡长辈的旧事，又询及我读书情况，当得知我从小对文学有兴趣，就很是鼓励，要我多读名家，还要读历史方面的书，以历史为沃土，培养见识。这些，我都铭记在心。

升上二年级时，中国古代文学史课的上古部分是詹先生讲授，他讲课生动、深刻，而且深入浅出，很受学生拥戴。记得他讲屈原的《离骚》时，在串讲中，激情洋溢，非常投入，不仅讲先生自己的见解，还讲他对别人见解的见解，都十分透辟，从思想、艺术和思维特色上给我们很多启发，整个课堂闪烁着智慧之光，把我们也带进那个艺术境界，直至下课以后，我们还沉浸在他所营造的氛围之中。

詹先生从事古典文学的研究和教学多年，涉及的学术范围很广，《诗经》研究、楚辞研究、中国古代文学史和古典诗词的研究等，而词学的研究是先生用心最多的一个方面，造诣极深，是我国词学一大家。我在修读中国文学史过程中，曾多次向先生请教这方面的问题，获益良多。那时我对宋词有浓厚的兴趣，也通读过北宋一些词家的词作，尤其喜欢二晏和李清照的词，很盼望能在先生指导下做李清照词的研究。三年级下学期，系里把各教研室教授所拟毕业论文题目张贴出来，让学生从中自选论题，但先生拟的只有柳永和苏轼两题，并没有李清照，我想不明白，到先生家中讨教，请求先生增拟李清照的题目。他很有耐心地给我解释，他告诉我，李清照的词虽好，但从词的发展史看，柳词有特别的研究价值，要我选做他拟的《试论柳永的词》一题，还亲自把柳永的《乐章集》找出来给我，要我拿回去认真阅读，并将其中的重要篇目（如《雨霖铃》《八声甘州》《望海潮》《定风波》等）用红笔圈出，要我精读。在我毕业论文题目确定以后，詹先生还担心我对论题的意义认识不足，曾先后两次为我讲解研究柳词的价值。

他认为：第一，柳永是北宋词坛上第一个"变旧声作新声"的词人，有开创之功。他的词作能够摆脱唐、五代文人词的局限，吸收"民间词的传统而自成一种面目"，在宋词的发展中起重要作用。第二，柳永的"新声"慢词，在他的《乐章集》中几占三分之二，在北宋词坛首屈一指，独一无二。他将柳永与他同时代的晏殊、欧阳修、范仲淹等词家比较，认为晏、欧、范的词作虽在婉约、"柔厚"方面各具特色，但内容比较狭窄，艺术形式主要是小令，柳永的慢词多用"展衍铺叙"手法，"直陈其事"，随物赋形，自然流转，一气贯注，运用明白易懂的语言表达感情和描写事物，有民间词的特点，兼之协音律，发挥了词可以入乐和娱乐性的作用，流传广，影响大，是其他词家所不及的。第三，柳词中大量慢词的创作，词体的变化和艺术手法的变化，也大大拓展了词的题材和内涵。从柳永词的内容看，除以往词家所表现的男欢女爱、离愁别绪外，也有羁旅穷愁、天涯漂泊之感，还有结合他自身生活遭遇的失意哀叹，更有下层妇女情感和生活的写照等。

后来，我在搜集论文资料和撰写论文过程中，偶有所得或遇到难题，都及时向先生汇报和讨教。记得有一次，我汇报自己对柳词艺术手法的看法，他说我有进步，很高兴，还大声要师母煎两个荷包蛋给我吃。我没想到他会以这种方式鼓励我，一时不知所措，这一细节给我留下很深的印象。

在先生指导我撰写论文的过程中，我深深体会到他对学生的严格和对词学的执着。他在讲课和文章中，都反复强调："词用乃广，词道乃尊，不容稍加忽视。"我那时年纪轻，不知高低，喜欢提问题，当我提出，柳词中有雅有俗，我推崇他的"雅"而不喜欢他的"俗"，还以李清照在《词论》中虽肯定柳词"变旧声作新声"，同时也指出其"词语尘下"为据。他听后教导我说：这涉及词史上的雅俗之辨问题。他认为"柳词雅俗并陈是事实"，自宋至清，词家评柳词，"多病其俗而赞其雅"，这当中不无传统的偏见，现在研究柳词，不能"以古观古"，要"以今观古"，对此类问题，不能先入为主，也不可执其一端，应放在他所处的历史、地位、际遇中看，将其作为论文中的一个问题认真研究，提出公允的看法。他还特别指出：历史上词论家对柳永词中的投献词和颂圣诗看法也有分歧，可抓住这些分歧之"点"，从历史背景和作品的实际出发，加以辨析，得出自己的看法，出新意。我遵照先生的教导，经过一番苦读，顺利地完成了毕业论文的写作，并且获得优秀成绩。这是我撰写的第一篇长篇学术论文。从那以后，我对词就有一种艺术的偏爱，也开始懂得一点做学问的道理和方法。

遗憾的是，在我论文定稿和考评的时候，正是反右高潮，詹先生遭受迫害，没能亲自为我的论文写下评语和打分，论文的评语是由陈寂先生代写和签名的。陈先生在评语中给我许多鼓励，尤其称赞我对历史上关于柳词"雅俗之说"的评论和见解。而我自己知道，陈先生认为我有新意的地方，都是詹先生在指导过程中"给"我的。

事实上，先生当年的这些教导，使我获益的不只是一篇论文，也不只限于词的研究，而是启迪和培养了我学术研究的"史"的眼光和问题意识，其学术上的启示是深远的。近30年，我在指导硕士、博士研究生的学位论文和自己的个案研究中，曾多次以自己的教研实践诠释和阐发先生当年的这些教导，其中体会特别深刻的有两点。

第一，从先生当年所拟的题目《试论柳永的词》看，虽是一个个案研究，但他着眼的不仅是一个词人和他的词作，而是将其作为一个词史的"转折点"。在今天看来，这种个案选择和创意在于：研究者既要在文献学层面给予对象以整体性逻辑"还原"，又要从学术史的发展中考量、评价对象的作用和所做出的贡献。这种"还原"的陈述与追问应包括对象的多个方面：他是一个怎样的人（出身、学识、教养、品性、旨趣、人生际遇）？处在什么样的历史环境？个人的生存状态如何？创作出怎样的作品？作品有何创新意义和贡献？其写作背景和心理动因是什么？为何有如此大的影响？历史对他有何争议？为什么会产生这样的争议？从历史事实和精神层面一一探询对象，由表及里，追问其深层意义。这种研究，有助于改变以往某些文学史、文论史、学术思想史存在的纯粹概念和范畴的演化，只重历史、政治的背景原因，而忽略了作家、理论家、思想家的创造力和作用。

第二，先生教导我研究柳永的词，要去面对历史上词学界对他的各种不同评价，找出其分歧之"点"，从历史发展和文本的实际出发，进行辨析，拓展论文的思路，特别是指出研究此类问题，不能"以古论古"，要"以今论古"。这也是一个学术研究和学术思想如何演进、深化和创新的关键问题。因为在学术研究中，问题的发现和提出，往往表现出研究者的知识水准、领悟力和洞察力，也是个人学术的思维能力、创新能力；而先生当时所说的"以今论古"，就是要从发展了的现实的高度，去质疑、索解历史上的问题，用新知质疑旧识，从而实现对以往"成说"的一种突破。这不但对于青年学者，对于成熟的学者，同样是重要的。

以上两点，是昔日詹安泰先生给我启蒙之后，经自己在教研实践中不断消化得出的治学体会。

正是出于此，我一向赞成青年学者做研究先从个案做起，我自己也很有兴趣于个案研究。20世纪90年代，我撰写的《〈三国演义〉在泰国——文化影响的宫廷模式》《在中国现代文学批评的起点——论王国维的〈红楼梦评论〉及其他》，很被学界关注，就是两篇个案研究论文。我觉得，如能选择具有丰富学术内涵的个案，认真地做，就可以从一个"点"，沉潜到历史的深处，探到"史的脉动"和"人的体温"，于是，远逝的历史就被我们唤醒，重新活在新的学术场域中，这是多么有意义而又令人振奋的事情！

（原载《潮学研究》第一卷第二期，2011年6月）

回忆与悼念

——缅怀肖殷先生

肖殷先生和我们永别了，我早就想写一篇纪念我尊敬的师长的文章，寄托我内心深处的哀思，但每次提起笔来，就无法控制自己的眼泪，所以，几次提笔，几次不能成文，直至现在，也还未能在感情上习惯这一悲痛的现实。

我认识肖殷先生是在1958年秋天，当时暨南大学刚刚在广州复办，他是暨大中文系的系主任，我是系里最年轻的助教，学校领导要我跟肖殷先生进修文艺理论，当他的助手，所以，有幸比别的同事得到他更多的关怀和帮助。我敬仰肖殷先生的学识，也敬仰肖殷先生的为人，作为长者，作为导师，他一直是我的榜样和引路人。二十几年来，肖殷先生的工作有过几次调动，但他和暨大中文系师生的联系从未中断，系里的同事常常在假日到梅花村他的住处探望他，面聆他的教诲。肖殷先生逝世前，有大半年的时间，是在广东省人民医院东病区病室里度过的，我和系里的同事曾经多次到那里去探望他，由于经过几次病危的折磨，那段时间，他身体已十分衰弱，每天只吃一二两饭，但精神清醒，仍像往常一样健谈。我最后一次去看他，是在他病故前四天，记得那天天气闷热，他用一个塑料垫垫腰，斜躺在床上，气喘得很厉害，样子十分辛苦，我心里很不安，禁不住眼泪就夺眶而出，他看我难受，就断断续续地说："天气不好，故感胸闷和气促，不是有特别的病变。"像是宽慰我似的。他当时病情相当严重，医院里的医师不要他会客，不要他多谈话，他看到医师和护士出现在病室门口，就一面喘气，一面用手比画着，意思是让师母陶萍女士陪我到院子里乘凉说话。过了一会儿，护士来说，肖殷先生睡着了，叮嘱我们不要去打扰他，我看时候不早，就告别了陶萍女士回家。后来，听陶萍女士说，他醒来时，知道我已走了，还惦记着我的情绪，说看到我那么难过，心里很不好受。但万万没有想到，这次见面竟成了永别。

肖殷先生到暨大任职时，才43岁，但已著有《与习作者谈写作》《论生活、艺术和真实》等书，是一位国内知名的文艺理论家，他生活简朴，平易近人，很快就和系里师生打成一片。那些日子，陶萍女士尚未从北京调来，他一个人就住在学校办公大楼四楼的办公室里，家具全租用公家的，一张大床、一张大办公桌子、两个书架，还有若干木头做的折凳、方凳和一个小茶几，三餐都在教工饭堂搭食。由于他待人热情，许多学生和教师都愿意找他谈心和讨论问题，特别是那些刚从东南亚各国回来求学的侨生，常常带着自己的习作和不能解答的文艺理论问题去请他指正和解答，于是，他的住房就变成了课室，往往是送走了一批学生，另外一批学生又来了，他对此一点也不觉得厌烦，总是满腔热情地接待他们，使他们的求知欲望得到满足。他常说，他自己过去也是一个爱好文学的青年，走过一段艰难曲折的文学道路，所以很能理解青年人急切求学的心情，愿意为他们尽心尽力。所以，许多学生在他面前并不感到代沟的存在，无论在什么时候，讨论什么问题，他们的交谈都是亲切、平等的。他既是青年学生的导师，也是他们的朋友，他帮助他们，扶持他们，对他们中的一些优秀的习作，总是热情地给予赞扬和鼓励。1959级的两个学生，写了一篇分析欧阳山的小说《金牛和笑女》的评论文章，拿给他看，他认为写得不错，就马上推荐给《羊城晚报》发表。一个学生在文艺刊物上发表了三首较好的诗歌，他高兴得一个星期内跟我说了三次，表现出来的情绪就像年轻人一样纯真。他经常提醒我们，这些华侨生、港澳生怀着一颗爱国心到暨大来求学，很不容易，我们一定要对他们负责，使他们能健康地成长。他向来反对用各种禁锢的措施去限制学生的交往和活动，而提倡教师要全面地关心学生，给他们以启发和引导。

我到暨南大学之前，原是中山大学中文系古典文学教研室的助教，到暨大中文系以后，由于工作需要，要我改变学科方向，跟肖殷先生学文艺理论，这对我来说，不无思想斗争。肖殷先生知道后把我找去，问我对这一决定有什么想法，我如实地把自己当时的思想情况告诉他，并且说为了这件事情，我还伤心地哭了很久，他听了并没有生气，而是耐心地开导我："文艺理论是探索文艺创作、文艺发展的规律的，它的研究对象包括古今中外的文艺现象和作家作品，一个有一定古典文学基础的人，对领会和掌握文艺理论是很有好处的，你的那些古书以后仍然有用，不需要用眼泪去同它们告别。"他说他自己也非常喜欢古典文学，特别喜欢我国的古典诗词，那天他还和我谈到他对王维诗歌和柳永慢词的看法。那是他第一次和我长谈，给我留下的印象是很深刻的。为了培养我对文艺问题的敏感，肖殷先生要我注意阅读国内外有争议的学术论文和文学作品，从中发现问题，分析问题，提出自己的看法，有针对性地写些文艺短论和评论文章，但开始时他对我写的东西常常是不满意的，他每次都针对我文章中的不足之处，提出许多具体尖锐的意见，每篇文章都要修改多次才能定稿。经过一段时间的磨炼，我的文章比较地能令他满意了，我告诉他："我终于有了一点小小的进步。"他笑着回答："这是我同你的学院派文风苦苦'斗争'的结果。"尔后，我的一篇文章在《星星》杂志上发表，他看了十分高兴，说我已经跳出了学院派的"篱笆"。这当然是他对我的鼓励，事实上，直至今天，我也还有那么一点"迂"气的。

1959年9月，我正式开课，肖殷先生利用暑假帮我审看了全部的讲稿，还告诉我，他将抽空来听我的课，如发现新的问题，再给我指出来。讲第一堂课时，我在课室最后一排为他准备了一把靠背椅，没见他来，以为不来了，下课后才发现他坐在课室外面的走廊上，他笑着解释说："我怕影响你的情绪，所以没进里面坐。"我当时听了，真有说不出的感动。1960年以后，我开始在报刊上发表一些文学评论，他每次读了，都及时给我鼓励和指点。他反复教导我，要评论作品，一定要深入研究作品，认真揣摩作家的构思，要有体贴作家之心，评论家应该是作家的好友、读者的知心人。他反对从概念、定义出发来写文学评论，他不喜欢那些四平八稳、没有自己见地的评论文章。他常说，写文章不是为文而文，而是要把自己的文艺见解告诉别人，没有见解还写什么文章呢？1963年，因工作需要，肖殷先生调离暨大，到中南局担任文艺处长，搬到梅花村四号居住，见面的机会少了，但每逢假日，我仍常去探望他和陶萍女士，从石牌到梅花村，公共汽车只有四个站，但假日人多车少，等车挤车，一早出门，抵达他家，总得10时左右，所以常常是早上去，中午就在他家用饭，下午回校。肖殷先生一向很少出门，没客人的时候，白天、晚上都在书房工作，陶萍女士是儿童文学作家，我去的时候，她也到书房来，三个人就一起喝茶说话。因为不像在学校那样时常见面，每次见面，都有说不完的话，我是个快嘴的，总是抢着时间向两位长者汇报情况：最近读的新书、自己的体会、对一些有争议的问题和作品的看法、国内外文艺动态、学校里发生的事情等。有时也带自己刚完稿的文章去读给他们听，在这种情况下，陶萍女士总是静静地听着，肖殷先生则一面聚精会神地听，不时发出简短的评论，一发现有不严密、不科学之处就马上给指出来，告诉我应怎样认识、怎样修改，偶尔有一两处写得好的，他也给予鼓励。肖殷先生也常常把他正在写的文稿拿给我看，告诉我，他为什么写这篇文章，针对性是什么。他的文稿，都是一个字一个字写得很端正，就是涂改的地方，也是清清楚楚的。我小时候没有很好练字，字写得不好，稿子书写也比较潦草，他在暨大时就对我这一点不满意，多次给我指出："字写得好不好是另一回事，但书写一定要清楚，要让人看得懂，这是对别人的尊重。"我每次读他的手稿，对照自己，就觉得很惭愧。

"文化大革命"初期，听说肖殷先生被"隔离审查"，正想抽空到梅花村探望陶萍女士，不料我自己也莫名其妙地被打入"牛栏"，因为没有行动的自由，我只能从学校里张贴出来的"揭发"中南局和作协的大字报中，了解一点他和陶萍女士的处境。在那个随时随地都会惹来"灾难"的年头，谁也不想为了写几封平常的信而给自己的师长和朋友招引不必要的麻烦，所以有很长一段时间我们没有联系。直至1969年秋天，听作协的同行说肖殷先生已从干校回中南局招待所养病，我赶快去看他，他没想到我会突然出现，高兴得忙叫我坐，房间里到处堆放着劫余的旧书、旧物，我坐在唯一的一把靠背椅上，一时百感交集，不知说什么好。他看我沉默，反而宽慰地说："劫后余生，不容易，应该高兴才对。"那天，他的大儿子葵葵还为我们在招待所门口拍了两张照片，作为灾难之后久别重逢的纪念。

粉碎"四人帮"以后，肖殷先生担任《作品》的主编，住在梅花村新三十五号二楼。那段时间，他的工作很忙，来往的客人也多，我虽常去看他，但很少有长谈的机会。记得有一次，他身体不大好，医生不让工作，我去了，陶萍女士就留住我，三个人在肖殷先生的书房聊天，我们从斯诺写的《漫长的革命》，谈到海曼写的长篇小说《战争风云》、冯伊湄写的《我的丈夫司徒乔》（《未完成的画》），这几本书都是当时刚出版的新书，肖殷先生认为，《漫长的革命》远不如《西行漫记》，但作为一个外国人，他对我们"文化大革命"的记述和描写，是比较真实和客观的，他还感慨地说："对这一动乱，斯诺比我们知道得多，也清醒得多，我们还来不及了解和分析是怎么一回事，就被'打倒'了。"

1979年12月，肖殷先生应邀回暨大兼课和指导文艺学研究生，我参加以他为主的研究生指导小组，给研究生讲"马列文论"和"创作论"的专题课，由于工作的关系，和肖殷先生常有接触，他当时正在写《习艺录》，身体又不好，但对研究生的工作仍十分认真，一丝不苟。他对学生的要求非常严格，为了帮他们选择硕士论文的题目，曾几次同他们谈话，使他们在下笔之前有明确的指导思想，在写作中能逐步建立自己论文的观点体系，为了组织论文的答辩，肖殷先生还由陶萍女士陪着进暨大住了一个半月，直至论文答辩结束。现在，这两位研究生都已先后得到了硕士学位，正以他们年轻旺盛的精力在文艺界服务，他们已再不能得到肖殷先生的指教和鼓励了，但我相信，他们将会更加自爱自重，努力上进，他们一定不会辜负肖殷先生的教育和希望。

肖殷先生已和我们永别了，在我认识他的26年中，他对我的引导、关怀、指点和教育，我将永远铭记。肖殷先生逝世前一直鼓励我、鞭策我写作，也希望我能把过去写的文章整理结集，把给研究生讲的创作论专题写成书稿，但我因忙于教学，这方面的工作进展十分缓慢。如今，回想过去了的那些年月，回想他老人家对我的期望，他对下一辈的无私挚爱，我是不能辜负他的期望的，虽然已是人到中年，背上负担不轻，我还得加快自己的脚步，在铺满阳光的大道上，负重前进。

（原载香港《文汇报》1984年8月31日）

肖殷先生在暨大

　　肖殷先生离开我们已经10年了，但他那一丝不苟的治学精神，他对文学艺术所持的那种认真严肃的态度，在我的记忆里，却丝毫没有被时间所冲淡。关于肖殷先生文艺理论和批评方面的成就及其影响，已有许多论述和评价，但先生在暨南大学从事文艺教育的事迹却鲜为人知，我希望我的这篇近乎纪实的文章能在这方面起一点"补白"的作用。

　　肖殷先生于1958年9月从北京借调到暨南大学中文系任系主任。当时，暨大刚在广州重建，校长是广东省省长陶铸。暨大的第一批教师，主要是从中山大学调过来的，我也是在那个时候从中大调到暨大中文系任教，有幸在肖殷先生指导下进修和执教文艺理论。1960年，肖殷先生调任省作协副主席，仍兼任暨大教授。1978年，肖殷先生应聘为暨大首届文艺学研究生的领衔导师。这段时间，我一直是肖殷先生业务上的助手，对他的文艺教育思想和实践有较多的了解。我认为，先生的文艺教育思想是开放的、务实的，他立足改革，从理论和实践上，不断探索文艺教育的新路。

围绕如何更好地适应祖国社会主义文艺事业发展的需要，肖殷先生在进行各种探索之后，把着力点放在强化学校与社会的关系上，倡导教学要面向现实，有的放矢，做到理论与实际相结合。他要求教师要冲破以往"学院派"的教学模式，反对从理论到理论的封闭型教学。他担任系主任时，就亲自为中文系设置了一套现实性、实践性很强的课程，如"文艺创作""文艺批评""创作方法论""当代文艺思潮"等，他还经常把文艺界有争议的理论问题和文学作品引进课堂，组织课堂讨论，培养学生独立思考、分析问题和解决问题的能力，并通过这些，帮助他们掌握文艺批评的基本方法。记得在他主持的"文艺批评"课中，就曾组织过对小说《一颗不平凡的心》、电影《达吉和她的父亲》等课堂讨论。为了让学生了解文学创作的艰辛，认识艺术创作的特殊规律，他经常邀请省内外著名作家、批评家来校讲学，1958—1960年，应邀来暨大讲学的就有艾芜、沙汀、欧阳山、张光年、刘白羽、林默涵、秦牧、陈残云、楼栖、韩笑等。这不仅让学生学到了许多书本上得不到的知识，开阔了视野，还大大地激发了他们对专业的热情。

在教学中，肖殷先生常对我们说："要让学生在战场上练兵。"他在中文系执教期间，就曾利用寒假，组织师生下乡采风，体验社会主义新农村的生活，写农村中的新人新事。采风回来，学生交上一沓沓的习作，他对这些来自生活的不成熟的作品，不但亲自看阅，还亲自给学生讲评，指导他们修改，最后由他审稿、定稿，编成《岭南春色》一书，在广东人民出版社出版。那次的采风，既是一堂很好的文艺创作实践课，同时也加深了学生对文艺与生活关系的理解。在肖殷先生的这种教育思想哺育下，许多学生都能自觉地面向社会，把课堂当作战场，勤于练笔，写了不少诗歌、散文和评论，有的还在省内外的报刊上发表。肖殷先生当年的学生中有一部分已成长为有名望的作家、评论家和大众传播方面的专家。

为了帮助学生树立科学的文艺观和美学观，肖殷先生十分关注学生的文艺思想状况，发现有明显偏颇的文艺观点，就及时给予疏导，他经常参加学生的文学社团活动，把文艺界对一些理论问题的争鸣信息和各派意见向他们介绍，引导他们思考和讨论，要求他们讨论问题时要注意科学性，努力接近真理。肖殷先生这种循循善诱的育人精神和做法，在暨大中文系师生中有极其深刻的影响，许多成名的学生在谈到自己的成长时都不无例外地谈到先生对他们的教导。

肖殷先生是著名的文艺批评家。他一向认为，文艺批评的目的就是要解决文艺思想和创作实践中的矛盾，从而推动文艺的繁荣和发展，那些没有针对性、脱离实际的文艺批评是没有生命力的。他反对学生写那些不痛不痒、泛泛而谈的文章，要他们研究文艺现状，针对创作中出现的问题，发表自己的见解。他常说：要写出一篇好的文艺批评文章并不那么容易，因为好的文艺批评文章应当是敏锐、准确、中肯、有个性的。要能做到这些，批评家就必须有清醒的头脑，善于发现问题，要重视文本的研究，尊重和掌握艺术规律，在对作品做具体艺术分析的基础上，恰如其分地评价作品。他认为批评家和作家应是朋友的关系，对文学作品中存在的问题，不是不可以批评，但不能随便给作家"扣帽子"，批评文章要说理，要力求辩证，注意科学性；批评文章应有自己的个性，观察问题的视角、分析问题、论述问题、表达方式、语境等要有独到的风格。肖殷先生的文艺批评文章，都是有所感而发的，是他针对自己发现问题的思考和解答。为了发现问题，他特别重视研究现状，掌握文艺创作动态，把这些作为一个文艺批评家必须做的经常性的工作。他常说："如果我们的批评能引起读者的共鸣，又对作家有促进，这样的文章就有价值。当然，有时正确的批评作家也不一定能接受，那可能是我们具体的分析和说理还不够，要不就是作家对自己的作品过于偏爱。""批评家应该有责任感，不能随便给作家戴高帽。没有责任感，就不可能成为真正的批评家，也不可能写出好的文艺批评文章。"

20世纪50年代后期，暨大中文系师生关系十分密切，师生之间有深厚的情谊，而且延续至今。我当时跟先生进修，先生的言传身教使我获益良多，这些年来，我在教坛上从没有把学生当作生活里匆匆的过客，而是把他们看作自己精神生命的延续，正是得益于先生的教导。在肖殷先生半个多世纪的文艺活动中，在暨大工作的时间并不长，但他的文艺教育思想在我们当中的影响是深远的，先生的榜样力量是无穷的。愿先生的育人精神永存。

（原载《羊城晚报》1994年9月19日）

《黄轶球著译选集》序

　　黄轶球教授是暨南大学老一辈著名学者，也是我国著名的越南文学研究专家。黄先生有深厚的国学根底，他博览古今，学贯中西，不仅在欧美文学、东方文学、中国古典文学，特别是在古典诗词方面有很深的造诣，在比较文学方面也是我们的先驱者和启蒙老师。黄先生出生于马来西亚，少年回国念书，大学毕业后，先后到瑞士弗里堡大学和法国巴黎大学攻读硕士和博士学位，1935年抱着教育救国的理想回国，一直在大学中文系执教。黄先生品德高尚，学问精深，学术上孜孜不倦，锲而不舍；教学上循循善诱，诲人不倦。他治学严肃，却平易近人，是后学和学生钦敬的楷模。他五十年如一日，在学海里辛勤耕耘，致力于西方文学和越南文学的译介，在国内学坛独树一帜，在越南文学界、学术界有深广影响。但由于各种各样的原因，特别是"文革"的浩劫，黄先生的著作、译作、诗作散轶很多，至今未能对其研究成果做系统、全面的整理。现在编辑出版的这本《黄轶球著译选集》，是黄先生著译的选本，从中我们可以看到他所开拓的学术园地和他的学术个性。

由于黄先生学贯中西，学识精深，而且他所关注、研究的问题许多是中外文学交流方面，有不少是他自己独特的发现，极具文化和学术价值，本应请一位和他同辈的老学者为本书作序更为合适，所以当黄先生的长女黄舜韶约我为这个选集写序时，我内心实在惶恐，但舜韶教授一再坚持，只好应约。我虽不是黄先生的弟子，但受过黄先生的教益，黄先生于1990年仙逝，至今已有13载，我愿借此表达我对这位远行长者的缅怀和敬意。

　　我在《阅读中沉思》一文中曾说："纪念一位远行的学者，最好的方式就是去读一下他留给我们的著作。"重读远行13载的黄轶球先生留给我们的著作、译作和诗词，确是我们追忆先生学术风范的最佳途径。黄先生的这本著译选集，我是认真地阅读了。在阅读的过程中，几度因为触到了先生那些深邃的学术思想而诱发出种种遐想；对先生所持的西学和国学、新学和旧学兼容的学术态度也有所悟解。阅读还唤起我尘封多年的记忆。在我的记忆里，黄先生是1961年从广东师范学院调到暨南大学中文系外国文学教研室执教的，那时中文系的系主任是杜桐先生。杜先生是我父亲抗战时期的战友，对我的生活和工作十分关心，他很敬重黄先生，曾多次跟我谈到黄先生的越南文学研究，对黄先生写的诗词也极其赞赏，还亲自带我去探望黄先生，要我多向他老人家讨教。但我那时候年轻，孩子小，家务多，教学工作繁重，很少去拜访黄先生，只是因同住在东南区，到系里开会走的是同一条路，他骑单车，我步行，有时在路上碰到，他会下车和我一起走，问长问短，在我心目中他是一位德高望重的蔼然学者。

在学术上和黄先生接触得比较多，是在暨大复办后他担任中文系副系主任的时候。1981年我申报晋升副教授，最初学校没有受理，原因是按有关规定，必须是1956年以前毕业的教师才有资格申报。我经过"文革"的冲击，对这些事情看得比较淡，也就作罢。但各个大学都有一批1957年毕业的骨干教师，他们认为这一规定不尽合理，晋升职称主要是看条件和业绩，不能以毕业年限划限，向有关部门提出意见，后来学校就同意申报。黄先生当时是学校学术委员会委员，又是广东省中文学科评审专家组成员，得知这一消息后就马上通知我把申请表补送上去。事后我得知，因时间紧迫，黄先生还亲自担任我论文的评审专家推荐我晋升。黄先生扶掖后学的精神深深感动了我，也激励我不断前进。后来，黄先生因年事高，要专心著译，不再担任副系主任，学校让我接替这一工作，我到他府上请教，他热情地给我指导。他告诉我："暨大才复办，要在传统学科发展上创优势，困难很大，应该引入比较文学，开拓新学科。"还说："这不是一下子能做到的，可从中西文学的比较研究做起。"当时，比较文学刚在国内学界兴起，只有少数的译著和论文，我自己对此一无所知，因而进一步请教他老人家，他既简要地向我介绍比较文学在法国和美国发展的历史，还特别讲了比较文学法国学派的主张和研究方法，我深受启发。我们商定先由黄先生给欧美文学和文艺学两个专业的硕士研究生开"比较文学史"课。由于"文革"时黄先生珍藏的比较文学中文资料均已遗失，只有洛里哀著的《比较文学史》

法文本，他就以此为教材给学生授课。他指导的硕士研究生叶小帆撰写的论文《〈罗密欧与朱丽叶〉与〈娇红记〉比较初探》，还被选入我国新时期第一本《比较文学论文集》。黄先生的辛勤耕耘，为我校比较文学的发展点燃火种，也为我校1993年文艺学博士点的创建，特别是比较文艺学专业方向的设置，打下了良好的基础。20多年来，我们薪火相传，日益拓展，已经形成这方面的学术群体，现在正在奋力向更高的学术目标跃进。

这本即将出版的《黄轶球著译选集》，共收入黄先生学术论文15篇、译作5种，还有现在能收集到的部分诗词作品。15篇论文中有两篇是论述我国古典文学名家屈大均、龚自珍的创作，两篇是研究日本的汉文学和中国文学在日本的影响，1篇是论比较文学的研究方法，其余10篇均为研究越南古典文学名著的汉译，其余3种是学术论著的译作。其中《金云翘传》是越南著名作家阮攸的诗体作品，原诗3253行。黄先生运用古典诗词形式，用精练、生动的诗的语言，译成汉文，译诗缠绵悱恻、婉转动人，保留了原有的唱诵形式和优美韵味，为中外同行所叹服，被列入"亚洲文学丛书"出版，还被教育部指定为全国高等学校东方语言文学系教学参考书目。

黄先生是越南文学研究专家，选集中的10篇越南文学研究论文，是他在这一园地里耕耘的果实。在这些论文里，无论研究的对象是什么，他对自己提出的观点，都用大量史实和文本做详尽、系统的论证。所采用的方法，有通论，也有专论，既有传统的实证，也引入西方的比较方法。他一面承袭古代文化，一面接受西来思想，做到新学和旧学的接纳、承传，所以在自己的学术研究中，有自己独特的视角，也有自己的新发现。在《越南诗人阮攸和他的杰作〈金云翘传〉》《越南古典文学成书溯源》《越南古典文学名著〈宫怨吟曲〉的研究》《〈宫怨吟曲〉及作者阮嘉诏》《越南汉诗的渊源、发展与成就》等论文中，黄先生通过对许多历史、文学资料的耙梳、整理、比较、辨析，从中发掘出许多鲜为人知的材料，揭示中越两国历史、文化渊源，探究越南《金云翘传》《宫怨吟曲》等文学名著在创作成书过程中所受中国古典文学的影响，并对此做历史、美学的阐释，填补了学术研究的空白。虽然这些论文的关注点是对越南古典名著的探源、解读和评价，但在探源中却多处涉及作为"放送者"的中国文学，以及在中国文学史上这些作品的"原型"（祖本），它们入传越南的途径和入传越南以后的流变，研究其流传的原因、过程、方式、终点和在越南文学界的影响，这就不仅是对越南文学的研究、探讨，也是对中国文学在越南的影响的研究。在黄先生的这些论文中，越南文学是他研究的主要客体对象，但越南的许多古典文学作品都与中国文学有"血缘"关系，也就是说，是以中国文学史上某一作品为底本，改编、创作出来的。如阮攸的《金云翘传》是源于清顺治康熙时青心才人编的"才子书"《金云翘传》（又名《双奇梦》），阮嘉诏的《宫怨吟曲》是源于唐杜牧的《阿房宫赋》和明韩邦靖的《长安宫女行》，阮辉的《花笺传》是源于明末小说《花笺记》，无名氏的《林泉记遇》（又名《名猿孙恪传》）是源于唐代顾敻的《袁氏传》等，就是越南古老的"金龟神话"也是源于晋干宝的《搜神记》。黄先生在他的这些论文中，对它们当中的一些文本，做详细的考证和探究，着重研究这些作品入传越南以后，在越南传播、移植、再创作而成为该国艺苑名葩的过程及在文学界所产生的影响。论文所展示的这个过程启示我们去思考一些重要的文学关系问题：在世界众多的作家和浩繁的文学作品中，越南的著名作家阮攸、阮嘉韶等为什么选择中国古代的文学作品？他们对这些作品进行了哪些取舍和改造？经他们"过滤"创作出来的作品为什么能在越南广泛流传？所以，我以为，这些论文的价值，不只在考察、研究越南文学方面，而是属于比较文学的影响研究范畴，具有比较文学与世界文学研究的意义。还应特别指出的是，尽管影响研究在法国兴起至今，已有100多年的历史，国与国之间文学交流及其相互影响的研究，中外学者均已做了大量工作，但从学术界的许多成果看，人们更多的目光是投向西方。在中西文学关系研究上，则许多是研究西方著名作家作品在中国的传播和影响，对中国文学的外传研究甚少。在东方文学交流史研究方面虽有一些成果，但极少研究某些具体文本的传播过程，因为这是要花大工夫的，还要有深厚的历史、文化底子。黄先生的这些论文，虽然是20世纪中后期撰写的，但今天读来，仍是别人所未能达到的。

　　读黄先生的译作《金云翘传》和《宫怨吟曲》，我深深感到翻译活动是推动人类文明、促进文化交流的重要力量之一。每一个文本的翻译，都有一个从外而内、由内而发的过程。诗体的文本翻译起来难度更大，黄先生是一位才华横溢的诗人，所以能把越南这两个著名的诗体作品翻译得如此精确、动人。这里有翻译家的艺术功力和他对主体文化的深沉积淀。以往人们看译作，关注的是语言分析和文本对照，很少涉及翻译家在主体文化里面运作的功力，黄先生的译作及其影响，充分显示出翻译所能产生的文化力量。正是从这个角度，我以为，总结黄先生翻译越南古典名著的经验，还能使我们对翻译活动的文化意义达到更深的了解。

《黄轶球著译选集》很快就要出版。我相信，它的学术价值会日益为人们所认识，它的出版，也将为暨南百年学坛增添一块放出异彩的基石。

（原载《黄轶球著译选集》，徐亮、王一洲、王李英编注，暨南大学出版社2004年5月）

让大师之光照亮我们的未来

我们尊敬、慈祥的季羡林先生走了，带着他广博的学问在北京301医院静静地走了。消息传来，我感到无比震惊和悲痛！先生虽年事已高，走过了漫长的人生道路，但从他的精神、心态，他对学问人生的精华净化，他近期发表的那些带着体温、充满生命力的话语，我们都相信，先生能像他自己所说那样活到150岁。没想到，他突然和我们永别了，我永远忘不了在朗润园那素朴客厅里聆听先生教导的情景，我会永远记住他所负载的那种无可取代的精神和思想的重量。

季先生是一位打通东西古今、透悟人类智慧的大师，也是一位能教育我们前进的学术大师，还是中国比较文学的创始人之一。他教育和支持过我们中的许多人，我们这一代人能走向和走上比较文学的道路，都得益于先生对比较文学的执着和支持。如今，比较文学能够在中国作为一个学科蓬勃发展，也与先生的努力密切相关。我远在广州，不能像在京的朋友那样，可以经常得到先生的教诲，但因季先生和宗颐先生有深厚的友谊，宗颐先生是我的长辈，所以无论是在会议上还是到府上拜访求教，都能得到先生热情的指点和鼓励。我每次见先生，他必和我谈到宗颐先生的学术成就和治学精神，要我们这些晚辈后学关注、学习饶先生治学的视界和方法。他认为饶先生能穿越各种学科门类，汇通众学，所以视野开阔。事实上，季先生的治学也是把各学科打通。在他那里，印度学、佛学、国学、中外关系学、比较文化和比较文学，它们之间的"门"都不是关闭的，所以能看到别人看不到的东西，想到别人想不到的问题。而这些是我们很难做到的，先生是以自己的言传身教，希望我们能朝这方面努力，走上一条真正的学术道路。

在各种不同场合聆听先生的教诲，获益良多，但有两次在我的记忆里特别深刻。

一次是在先生家里，他引用陈寅恪先生的话，提出真正的学人，要做"预流者"，去取"预流果"。大概是20世纪90年代末，中国比较文学学会在北京大学召开会长、副会长和在京常务理事会，会后我和乐黛云、谢天振两位教授一起去拜访季先生。那天，先生精神很好，和我们说了许多话，还一起拍照。后来乐老师回家给先生做汤，我和天振还跟先生谈了好一会儿。说话间，提到50年代我在中山大学读书和当助教的事，先生问起陈寅恪先生晚年在中大的一些情况，我说1958年学校领导还请陈先生为文科研究生和助教开"元白诗笺证稿"课，每周两节，可惜我只听了三周课就下放了。先生跟我们说，陈先生的学问博大精深，他提出的真正学者是"预流者"的看法很精辟，但现在很少人能做得到。先生的这些话，我当时只是听，默默记下来，不是很理解，又怕先生太累，不敢多问。回穗后，在《陈垣敦煌劫余录序》中，查到陈寅恪先生的原话：
"一时代之学术，必有其新材料、新问题。取用此材料，以研求问题，则为此时代学术之新潮流。治学之士，得预于此潮流者，谓之预流，其未得预流者，谓之未入流。此古今学术史之通义……"我才慢慢领悟到先生那简短话语中所含的深意，这当中，不无先生对当今学术的忧虑，也有对我们这一代人的鞭策和期望。很显然，他是希望我们能做到陈先生所说的"预流者"，能发现、关注社会发展中的新问题，认真研求，获取有助于社会发展、有创意的学术成果。这对我的学术思想有很大的触动。我当然知道，要做到如先生希望那样，是很难很难的，但这毕竟是我们努力的方向，不能迷失。

另一次是在澳门聆听季先生论澳门文化的人文价值。记得1994年5月6日，季先生出席澳门《文化杂志》第二系列发行仪式，并在会上以《澳门文化的三棱镜》为题，发表讲话。先生在讲话中说："在中国五千多年的历史上，文化交流有过几次高潮。最后一次，也是最重要的一次，是西方文化的传入。这一次传入的起点，从时间上来说，是明末清初；从地域上来说，就是澳门……澳门文化是人类迄今四百多年东西方两种异质文化逆向交流和多元融合的独特产物，澳门的精彩之处和它对于中国历史与中华文化的重要性，也就在于那经由长时期东西方文化交融所产生的客观存在的人文价值方面。"他认为："澳门文化不只是人类一份值得珍惜的文化遗产，它必然要在东方的新世纪里继续闪烁独特的光芒。"先生的这些话，开启了我对澳门文化的认识，特别是对澳门文化内在所蕴含的价值及其"未来意义"的认识。这不仅是一次对听者的知识性的教育，而且是授予我们一种看待问题的新的眼光、视界和思路。此前，我已经在澳门招收了3名研究生，正在指导学生做澳门文学的研究课题，先生的这番话，犹如在这方面点亮了我心中的一盏灯。之后，我开始关注澳门文化，把澳门文学置于独特的澳门文化中进行考察，从澳门文化看澳门文学，看澳门文学如何以艺术的方式呈现澳门的历史和现世，从而形成自己的品格和特色，回应文坛上对澳门文学的"澳门性"的质疑，先后撰写了《澳门文化两题》（澳门文化的历史坐标及其未来意义）、《"根"的追寻：澳门土生文学一个难解的情结》《从澳门文化看澳门文学》《文学的澳门与澳门的文学》等系列论文，在《中国比较文学》《文学评论》《学术研究》等刊物上发表，新近还出版了我和我学生撰写的著作《边缘的解读——澳门文学论稿》一书。所有这些，都得益于先生学术思想的引领和照射。

回顾先生对我们的诸多教导，读先生的著作，面对先生为学术界、文化界、教育界所创的业绩和贡献，从中领会先生的那种开放、博大的精神，敏锐的学术意识和凝聚力，这是先生留给我们的宝贵精神财富。由于这笔"财富"太丰厚，还有待于我们慢慢去学习、感悟和体验。这正如学界有的朋友所说，"先生的许多论述可能再过50年才会被大家所理解"，因为这是一个学术巨人一辈子的思想。先生已永远离开我们，但他将永远活在我们心中。

（原载《中国比较文学》2009年第4期）

对饶宗颐先生治学方法的体会

在汉学大师饶宗颐先生90华诞之际，回顾饶先生70载治学从艺的辉煌成就，正如有的学者所言，先生的治学之路，是"经历了一个由本土传统学术到海外汉学再到新学旧知相融合的过程"。先生的学术活动及研究范围几乎涉及国学的所有学科，其在敦煌学、古文字学、历史学、词学、目录学、考古学和比较文化等诸多研究领域的卓越成果，不仅为国际汉学界所关注，而且成为国际汉学领域的重要研究对象。在饶先生的学术世界里，东方与西方没有鸿沟，古代与现代没有裂缝，他的治学精神、治学道路、治学方法和丰富的学术成果，为后来的学人提供了一种深致、沉潜的学术范式，这一范式的树立，对于今天和未来中国的学术均有十分重要的意义。

饶宗颐先生的学术建树，已成为当今国际汉学界的一个奇观和宝库。人们正在走进它，从各个方面去研究它、认识和解读它。读先生的一些著作，参照学者们对先生学术成果和治学精神的探究，感受良多。下面，仅就先生的治学方法，谈几点自己的体会：

一、重"国本"，汇通中外。饶先生在《殷贞卜人物通考序例》中，明确提出考史与研经合为一辙的看法。他认为，"史"是事实的原本，"经"是由事实中提炼出来的思想。中国文化的主体是经学，所以他对古史深怀一种难以言喻的敬意，认为研究国学，不能亵渎"国本"，要顺着中国文化的脉络讲清楚，要爱惜、敬惜"古义"。饶先生重视国本，又能汇通中外，是因为他的学术视野开阔，学术态度和方法是开放的，对不同文化不是持排斥，而是持互动认知的态度。他通晓六国语言，史识广博，不仅精通中国历史文化，也了解西方和东方其他一些国家的历史文化，能在中外文化的交汇比照中，互动认知，不断发现、研究中国历史文化的新问题，从各个方面、不同层次拓展、突现中国历史文化的精神与特色。正是这种对中外历史文化的博大通识，使他能在许多学术的生荒地中种出自己丰硕的"果"，在历年的著述里，提出众多有原创性的命题和立论。关于饶先生学术上的原创成果，姜伯勤教授在《从学术渊源论饶宗颐的治学风格》和胡晓明教授在《饶宗颐学记》中，均有详细的例证和立论。笔者仅以其中有关域外汉学传播的研究成果为例，以见证饶先生的博大史识和着人先鞭的原创力。如饶先生是首次编录新马华人碑刻、开海外金石学之先河的第一人，也是首次在日本东京出版《敦煌法书丛刊》的学者，在国际学界讲巴黎所藏甲骨的第一人，讲敦煌本《文选》、日本钞本《文选》五臣注的第一人，首次利用日本石刻证明中日书法交流源之唐朝，首次据英伦敦煌卷子讲禅宗史上的摩诃衍入藏问题，是讲有关越南历史的《日南传》的第一人，辨明新加坡古地名及翻译译名的第一人，利用中国文献补缅甸史的第一人。

以上这些成果，正好从一个方面体现了饶先生开阔的学术视野，他既注意中国历史文化和典籍在海外流传的各种形态的研究，又对其中国历史文化源头进行追索。比如他发表于1956年的《敦煌本老子想尔注校笺》，就是将伦敦所藏的反映早期天师道思想的千载秘籍，全文录出并做笺证，从而引发了欧洲学界对中国道教的研究。当中蕴含有饶先生独特的"互动认知"的认识论和方法论。饶先生的汇通中外，还常常表现在他以自己的中华文化之心，去感受世界各个国家不同文化的差异，在理解并尊重这种差异的同时，获得多个参照系，从而能脱离传统的某些成见，用一种外在的视角，反观"自己"，重新认识、诠释本国的一些民族文化现象。比如在他所写的《金字塔外——死与蜜糖》一文中，从埃及文化的代表作之一《死书》，引发对人的生死问题的思考："要追问何处有神的提撕？什么才是真正的秩序和至善？在人心的天平上，怎样取得死神最后的审判？"他还从波斯诗人把死看作"蜜糖"的比喻中，反思中国文化中的生死观，指出："死在中国人心里没有很重要的地位，所以造成过于看重现实只顾眼前极端可怕的流弊。"这种对于中国传统文化现象的新的反思和诠释，是饶先生感受某种文化差异之后，在中外文化相比照的语境中做出的。这在国学研究上是一种全新式的学术思路，有助于拓展人们对已有传统的新的认知，在时代的发展中不断延伸民族的文化思维。

二、穿越学科、门类的边界，汇通众学。饶先生的学术领域极其广阔，他的研究成果涉及国学的各个领域，在研究范围、对象和方法上，突破了学科与门类的界限，原创力强，是许多学者公认的饶先生治学的一个显著的学术特点。胡晓明教授在《饶宗颐学记》中曾用很形象的语言来表述饶先生的这一特点："饶宗颐学术特点即尚新尚奇，几乎是打一枪换一个地方，几乎是村村点火，处处炊烟。"还借《圣经》中的话说"叩门，就给你开门"，说明其尚新出奇而处处获胜。饶先生的"奇"和"胜"，是因为他有丰厚的学术积淀，学识渊博，能汇通众学，看到问题之所在，发现问题，从问题出发，"接"着前人的话说，提出自己新的看法。饶先生新近对《羊城晚报》记者表述自己做学问的方法："学问要'接'着做，而不是'照'着做，接着便有所继承，照着仅沿袭而已。"这个"接"字，是很需要人们好好消化的，这是学术研究方法论的核心问题。从饶先生70载治学的轨迹看，他是从早年文献目录学开始，到词史、古文学、诸子之学，以及考古学、敦煌学，再扩大到地理学、宗教史、艺术史、海外汉学，以及中外文化交流史等，直至在中西文化交融的视野中，旧识与新学相融合，创新说，立新论。由于他这条"路"是扎扎实实穿越各个学科、门类走出来的，而且环环相扣，彼此互动互促，每一阶段都有原创性的代表作问世，形成一个独特的多姿多彩的跨学科、文类的学术世界。在这个"世界"里，传统所认定的各学科、文类的"门"是开着的，并没有锁闭的边界，所以面对具体的学术问题，就有可能从不同角度、视界去投射，进行学术的交叉整合研究和综合的诠释。下面，举一个笔者曾亲身聆听的饶先生的学术报告为例：那是1998年12月，在澳门大学主办的中华文化与澳门研究国际研讨会上，饶先生在以《〈文选〉学之萌芽——曹宪与李善》为题的学术报告中，对《文选》的李善本索源，从李善与曹宪的师生关系，两人都是扬州人，把李善本的《文选》和曹宪的《后汉书》研究联系起来，引出：第一，研究文选要注意扬州学派；第二，一部书显其重要，有多方面的原因：（1）地缘；（2）传统；（3）与其相关的学问（如"文选学"与"汉书学"的关系）。在这个学术报告中，饶先生还讲述了他是如何把敦煌学用于《文选》校注，并编出敦煌本与吐鲁番本《文选》，以及这一过程的新的学术发现，是有关治学方面经典性经验的总结。正如大家所知，这一研究成果是饶先生首创的。饶先生是一个"立根本"的学人，是20世纪国学研究的一大奇观。他的汇通众学，并非人人所能够做到，但他的从专攻到通识，突破学科界限的既定模式，不同学科相互投射综合诠释的研究方法对当代学人应有深刻的启示。北京大学著名教授季羡林先生曾撰文称："饶宗颐教授是著名的历史学家、考古学家、文学家、经学家，又擅长书法、绘画，在中国台湾、香港，以及英、法、日、美等国家，有极高的声誉和广泛的影响。"笔者曾有机会多次拜见季先生，季先生每次必谈饶先生在国际上的学术影响，并认为内地应重视饶先生著作的出版和推介，让内地学界和广大读者了解饶先生极高的学术造诣，以及他在世界的声誉和影响。

三、文献与实物互动，新知与旧识交融。"文、物互动"

的实证研究方法，也是使饶宗颐先生的学术成果富有原创力的重要途径之一。饶先生说他治学程序是反复"磨"原典、原材料，如他对楚国出土文献的研究，前后达40年之久。而他在20岁前作《顾炎武学案》，就学会"走路"做学问，通过实地考察，以文物实证来修正、填补文献记载的偏差、空白。这种"踏勘"的治学方法，使他能放开治学的眼界，做到"在纸上之文献到地下之文物之间，随时建立一种有机的生动的联系，使其学术生命常具生生不已的活力"。关于饶先生的这一治学方法，胡晓明教授已有非常详细的阐释和论述。在这里，笔者只是就饶先生这一治学方法在学术上的启示意义谈一点体会，那就是：中国的当代学者应从饶先生的这种治学精神中获得教益，做到"沉潜静穆"，对学问有一份深厚的敬意。

饶宗颐先生是当今汉学界大师。钱仲联先生生前评价饶宗颐先生为九州百世之"东洲鸿儒"，是世界公认的汉学家。近20多年，随着世界性文化的转型，多元文化崛起，横向开拓、寻求参照，成为这一时期文化发展的一个突出特点。在这种新的文化形势下，东西特别是中西方文化交往日益增多，中国学者对中国历史文化的研究有了新的思考。当中有两点是比较明晰的：一是认识到中国文化源远流长，有自己独特的阐释体系，在研究中应特别重视挖掘和发展本民族的这种文化属性，并将其推向世界；二是认识到文化不是封闭的个体，而是不断变化发展的，研究本国文学不应只局限于本民族的文化视野内，而应扩展到与其他文化的"对话"之中。正是着眼于此，近几年，许多学者都十分重视对中国传统文化的研究，希望回返自身文化源头寻求资源，发现、认识自身文化的特点和优势，如中国独特的思维形式、言说方式等，并将其推向世界，成为新的世界多元文化景观的一元。读饶先生的著作，感受饶先生开放的学术视野和方法，我认为，饶先生以他所走的道路和在世界汉学研究上卓越的建树，已为我们眼前的探索提供了一种典范、一个光辉的榜样、一条把国学推向世界的充满阳光的学术道路。

（原载《文艺理论研究》2007年第2期）

第四辑

花到深处更知香

走向文心的深处

　　一位在报社工作的朋友曾经问我："你是怎样走向文学评论的？"我一时很难回答。事实上，我写评论文章，完全是自己一种阅读的结果，是我对作家的认识和作品阅读的结果。我的文学评论不仅评文，同时也论人，谈作家作品在我心中的投影，他和它如何唤起我的某种思想和感情，自己对人生和文学的感悟和看法，与其说是评论，不如把它们看作我同作家和读者的对话，我觉得我能理解作家从事创作的甘苦，包括他们的成功和失误，我愿和他们谈心，也愿意把我的认识同更多的读者交流。所以，我的评论文章有对文学的真诚，但不够犀利。

　　我自幼喜爱文学，曾有过各种文学的梦想，直至现在，闲时重读文学名著，还常常沉醉。我始终认为，文学有一种永久的魅力，它能启迪人生，陶冶人的情性，引导人们用心地去读人生这本"大书"。历史上的文学名著，都是那些伟大灵魂的心声，这些声音，穿破时空，到达我们心里，起着"灯"和"镜"的作用，使我们在漫漫人生途程上，多一点清醒，纵使免不了坎坷和痛苦，也不至于迷失，能一步一步地走向成熟，这是多么难得又多么值得我们珍惜的事！

在文学的方方面面中，文学评论是比较理性的。文学评论家的劳动不是创造艺术形象，而是解读艺术形象，不断地解开一个又一个文学之"谜"，展示出文学与人生的血肉关系。我走向文学，是受文学名著的影响；我写文学评论，是有感于评论对于作者和读者都是不可少的。优秀的文学评论往往有艺术哲学的底蕴，具有对美的审视的魅力。记得大学时代，我读歌德的《说不尽的莎士比亚》、屠格涅夫的《哈姆雷特与堂吉诃德》、雨果的《论拜伦》、别林斯基的《论普希金的〈欧根·奥涅金〉》和《给果戈里的一封信》、杜勃罗留波夫的《什么是奥勃洛莫夫性格？》和《黑暗王国的一线光明》等，就常常不忍释手，它们在我内心所引起的激动和共鸣，并不亚于著名的文学作品。这些评论，不仅有新颖独到的见解：精辟深刻的艺术分析，而且论证的方法异常严密，有很强的逻辑性和说服力，能启迪我们的思维，解读文学作品的语言文字也有鲜明的个性。正是这些说理透彻、闪耀着人道主义和民主主义思想光辉的文学评论名篇，让我认识到文学评论的价值，甘愿在教学之余尽量地走近它，加入这块园地的耕作。

几十年来，文坛上的潮汐，时涨时落，有多少费解和不解的问题，有多少沉思的往事，这些，都需要文学评论家去梳理、探索，我自己的能力和时间很有限，只能写一些具体作家作品的评论，它们是我在走向文心深处的旅程中，留下的一个个脚印。

（原载《羊城晚报》2007年3月23日）

《文心丝语》自序

我写书序，是应友人之约，但并非有约必写，往往是在看完书稿之后觉得有话要说才写。在我写的序文里，除了有作者的身影、文影外，还有我自己文心的影子。

我写的书序，由于写作对象不同（如诗歌、散文、小说、评论、学术著作等），使用的笔墨也很不一样，但有一点是共同的，就是文中所写的都是我认真阅读的结果。因为是序文，并非完全是学术性的文字，所以更多是写我在阅读时的感觉，对那些充满内心动感和生命的东西的感觉，这些东西有时是作者对人生的某种深沉的体验，有时是一种闪烁着思想光辉的学术见解，总之，是它们在心底积淀很久突然喷溅出来的精神火花。我在序中以自己的方式对它们做出各种各样的回应。

我所写的书序，除少数篇章外都不长，有学理性的，也有抒情和写意的，虽为文章，却自觉没甚拘束，比写别的东西要自然晕化些，有时候，写着写着，仿佛有一种"水"的感觉，笔触随着我的感觉而动，在内在的写实和抽象的思维之间行走，这当中所表现和流露的是我真实的思绪。

古人云："诗言志。"在我所写的书序中，也常常借他人的"酒杯"，表达自己的文学见解和文情心态。因而这些文章既是我和作者的"对话"，也有我在阅读的"对话"中插入的"独语"，是我的心灵之旅的感应，是表征我这一旅程的一个个小小的"点"。所以这些文字，并非全为别人而写，也有属于我自己的东西，虽然那只是我不同时期的丝丝情愫。

（原载《澳门日报》1999年3月24日）

关于诗的絮语

　　在世界诗坛上，唐诗宋词是中国诗歌的代表。现在中国五六十岁的人，小时候结识诗歌，也都是从背诵唐诗宋词开始。这些早早就种植在幼小心灵的诗的根子，成为终生难忘的情感记忆，属于他们生命最深层的一个部分。它所提供的生命情景，激发了人的情志和理想，是人文精神中最宝贵的东西。这种东西有时是讲不清道不明的，但人们可以感觉得到，有的诗人称它为"心灵的活水"。

　　在中国现代诗坛，也有过群星闪烁的时代，那是郭沫若们、闻一多们、艾青们的时代。当下诗人诗作虽多，而令人记忆最深的似乎就是朦胧诗派。关于当代诗歌的诗性问题，早就有过许多非议。于是，有人认为，现代是科技的时代而不是诗的时代。我认为，我们的时代依然是一个需要诗也能创作诗的时代。科技的发展、资讯的快速，使世界变"小"了，仿佛偌大的地球变成了"地球村"。秀才不出门就可知天下事，因为电脑网络一打通，各种需要的知识、资料都出现在眼前。但这一切也带来人际的疏离、人性的失温，在精神上人们并不感到满足和幸福！在日常生活中，我们常常听到人们叹息，叹息自身的孤独和寂寞，叹息爱的失落和真爱的难求！人们渴望并努力要回归感情世界，不断抵抗自我的物化，期望找回人的内在丰富性，向往爱人与被人爱的生活。在这种情况下，总不能够说诗已经不重要了，或者说时代已经不需要诗。所以，科技、资讯发达与诗歌创作并不矛盾。问题是，诗在这种情况下如何自处？如何保持自己的诗性、诗质？

在我看来，诗的本质是情感表达，诗歌是诗人内心世界情感的自然流露。好的诗歌总是激情洋溢，像是作者在情感的饱和点喷射出来的。诗人写诗是情之所至，诗行就是他的心歌。对生活冷漠、没有任何人生触动的人是写不出好诗的。诗与情不可分，情是诗的魂。

诗是意象，意象是诗人智慧幻化出来的。诗思就是诗人的感悟和哲思，好的诗往往蕴含着哲理，禅诗、玄学诗，都是诗和哲学的结合，正如有的诗人所说："诗主情也可以含道。"诗的文化思想的厚度来自哲理，诗歌中的哲思的更高层次是透过意象显示哲理，进入人生深处的哲学领域。因此，诗人的人生感悟是十分重要的。

海德格尔说：诗和思想是近邻。在海氏看来，诗就是思，诗思同源。他认为，世界不在科学，科学是无形的绳索，诗思就是思科学所不思，以诗表达哲学思想。但他不是完全否定科学，而是要在科学之边留一块天地。他主张诗人要去捕捉天籁，探其奥秘。回到奥秘，也就是人生的"回家"之路。海氏的"诗思论"，主要讲的不是诗，而是哲学，但对我们思考诗中所含的"道"有启发。诗源于现实，现实是变动、浮躁的，某种生活和生活现象，对历史和未来而言，都是过眼云烟。诗人应该去沉思它所蕴含的人生哲理，像海氏所说那样"去捕捉天籁"，把它变成诗，才能使自己的作品不成为过去。

诗人对人生有深沉感悟才能给诗带来生命感，有生命感的诗才有厚度。中外有成就的诗人都是表现出对人生的某种感悟、追问和逼视，在诗行里沉思历史和人生，道出人共有的命运。记得雪莱在《诗的辩护》一文中曾说："创造的心灵正如一块将要熄灭的炭火，一些看不见的影响，如不时起落的风，将其唤醒成瞬间的光辉。"我从他这段话感受到的是：诗人明了人生幻灭的本质，他的诗行有如人生熄灭前的炭火。这里就有对人生的生死必然的感受，是对人的命运的清楚认识。但诗是主灵性的，它必须避免理念，它的哲思是形象的哲思、意象的哲思。所有的哲理、诗人感悟到的人的命运，都只能含蕴于诗行之中，或者说，熔铸成意象和形象，这是诗的特质。诗的语言本质上是"扭曲"的语言，和通常使用的语言有别，是但丁说的"光辉的语言"，不是"俗语"（口头用语）。但也不排除一些大家，用寻常口语入诗而获极大成功，如李清照、白居易等。关于诗的语言问题，"五四"以来一直争论不休。当代一些受后现代影响的诗人，语言晦涩，于是又出现了一个"看懂和看不懂的问题"。我主张在诗的语言上，应持一种宽容的态度。诗歌艺术的多样化也应包括语言。关键在于：语言"扭曲"的限度何在？我认为应是能创造出诗的美学效果。如若不能，它就离开了诗的创作前提。

中国是诗的国度，从《诗经》开始，诗歌的传统源远流长，中国的古典文论主体也是诗话、词话，传统的戏曲、古典小说都有诗的渗透基因。现代新诗也应该有一个民族性的问题，在接纳外来影响时如何保有本民族的特色，即如何正确对待本民族诗歌传统的问题。在西方，庞德他们借鉴中国古典诗歌而形成了诗歌的"意象派"。我们的现代诗人如能从传统中吸收养分，也许可以在未来世纪迎来新诗的辉煌时代。

（原载《澳门日报》1998年2月28日）

艺术感觉漫谈

　　写诗，写散文，写小说，感觉是很重要的。没有感觉，就什么也没有，但也不能迷信感觉，或者只凭感觉写。如若这样，势必流于空泛和浮浅。敏锐的感觉，可以捕捉到一些别人未注意到的意象，特别是那些稍纵即逝的东西，但如不对捕捉来的东西加以消化、思考，感觉就只是感觉，它可以是美的，却不可能是那种有厚度的美，不悠远，不深邃。

　　诗人要造化形象，也要呼唤思想，散文家也如是。要抓住瞬间的激情、瞬间的感觉，但又要从中看到，或者是找到那永恒的东西，只有找到了永恒的东西，它的生命力才能葆之永久。

　　灵魂和人格的重量，是时长日久积聚来的，有后天修养的成分，又不完全是，还与一个人的气质和对人生的看法、态度有密切的联系。

　　从稚拙到成熟，应该高兴。但成熟到有如"老酒"，却又不无负担。纯真不等于成熟，虽然有时纯真是不成熟的表现。

　　时刻留意积聚人生的经验，主动、自觉地去体验人生。事实上，往事并不如烟，它总要这样那样地给我们留下点什么。把这一切积存在心底，灵魂就不会是空空的，也不至于成为精神和思想的"穷人"。

生活中的许多事，有负有正，如果我们能努力去理解它，思考它，负的也可以变成正的。在人生道路上，要善于在许多"负"的现象中去收集各种苦果，把这些苦果酿成自己的"老酒"。

（原载《羊城晚报》1992年1月31日）

创作与阅读

曾有一个时期，对作家的青睐有如众星捧月，使作者的文学创作——建构作品的过程变得璀璨夺目，批评家、理论家目光所及多是作家的创作原则、方法、技巧、语言等，或者是呕心沥血地去探究作家的社会历史背景，发掘有关作家的家世和传记资料，把文学活动简化为文学创作的过程，完全忽略了读者这个隐形的美感创造者。

事实上，一部好的作品能为人接受、感知，被人所认识，应有两个因素：一是作者的创造是有亮色和独特的，隐含着艺术的感发力；一是读者的审美感应，即对作品的认知和感应。文学作品的价值（社会的和审美的），在没有读者阅读的时候，是无法体现和实现的。所以文学活动的过程理应包括作者的创作和读者的接受两方面，文学的审美效果也是作者和读者共同创造的。

上述这一道理，我以前在书上也说过，但真正从心底里关注读者这个隐形美感创造者却是近期的事。在新的文化语境中，社会舞台无休止地旋转，映现出数不尽的人们心理神志的转换，在纷纭的文学活动过程中，我看到了作品和读者的亲密关系。一部文学作品在不同时代、不同读者心里会有不同的感受，因而际遇不同；同一时代的不同读者对同一部作品也会有诸多不同的反应，这涉及读者的"期待视野"，当中有对人生经验的"印认"，也有文化历史的激发和文化历史的设限。"期待视野"是读者在阅读前就已经存在的意向，这种意向决定了读者对作品的取舍，决定了他认知的程度和重点。但"期待视野"也可以由作品的形象、情境、符号的暗示唤起，西班牙著名作家塞万提斯在《堂吉诃德》中，就有意通过自己的艺术创作，唤起读者对骑士时代古老传奇故事的"期待视野"，并且获得成功。

作者通过作品"传意"，读者通过作品"释意"，这两者之间存在诸多微妙的问题，从作品意义分解到重组交错离合生长的过程，是一种既合且分、既分且合的创造性审美活动，无可避免地会有差距。俗语说"知音难寻"，但对作者来说，总不能因为"难"而不去寻找。

（原载《作品》2005年8月）

文本阅读的历史性

要研究某一文本，就必须认真阅读它和与它相关的研究成果，面对文本的历史性问题。

每个文本的作者都有自己的历史着眼点，我们今天阅读它，就要顾及并承认我们和文本作者之间的历史距离。

每个文本的作者都是在一定历史条件下著书立说，不同时期的研究者也都是在自己所处的历史文化语境中对它做这样或那样的诠释。诠释者与文本、诠释者与诠释者之间，同样存在着不同程度的历史距离。所以我们在阅读文本和研究资料时，要正确对待这一"距离"，历史地理解它，避免因此造成的误解和成见，以达到对文本意义的客观把握。

承认文本的历史性，了解文本研究的历史传统，进入文本，进入文本的前理解，对它们持开放的态度。知道文本在说什么，过去的人们对它说了什么，怎么说，为何说，何以说，思维向它们开放，但不为其所困，而是从今天的现实出发，去和前人"对话"，接着它们的话"说"下去，发新声。以自己的新理解加进这个文本的传统之中，使文本的意义在不断的研究中得到拓展和开发。

不同时期研究者对文本研究的成果，构成了文本的传统，有如一个链条，这个链条是动态的，在历史的发展中形成并不断延伸，是一个不断变化、开放、有所期待的过程。这个过程，文本的意义在不断地被开发，不断生成、发展，如若是经典的文本，这种开发和阐释将永远不会结束，是一个无限的过程。

了解文本的传统，不是要放弃自己的视界，而是为了建立自己的视界，在自己的视界内重新提问，与前人"对话"，寻求新的超越。即在与前人视界不断融合、"交谈"的过程中，提出新见解，使自己的新见解能够进入这个传统，成为这一链条中的一环，能够得到别人的和声和回应。

为此，就必须改变以往文本阅读的思维模式，从双向"对话"变为多维"对话"，从静态认识变为动态认识文本意义产生发展的过程。人们阅读、研究文本，既是文本打动了他，也是阅读者被文本所吸引，在阅读中，读者到了前所未有的地方，和文本内在地融为一体，在这个文学世界里"住"了下来，达致一个更深的"自我"，意义就这样在"对话"中产生，故阅读者也成了被阅读的对象。

对文本所做多层次的挖掘，还可以参照不同文化的人对同一文本的阅读，与其"对话"，尽管由于文化背景不同而有所误读，但我们仍可以在与之"对话"中获得启发。因为有时感受差异，对"异"的认识，也会有助于我们思维的多向度展开。

（原载《学术研究》2004年第3期）

第五辑

花到深处更知香

谈自学

读书，自学，各人有各人的实际，方法和途径也可以是多种多样的。学海无边，在学习的道路上，靠自己的努力，"山穷水复疑无路，柳暗花明又一村"的境界有时也会出现。学习，不可能有一套固定不变、对谁都合用的方法，前人的经验，即使被实践证实是可行的，也要经过自己反复的琢磨、领会和验证，才能变成自己的东西。

要自学有成，首先是要立"本"。建一幢房子，先要奠基，学习也有一个"奠基"的问题，那就是打基础，立专业之"本"。古今中外许多在专业上有成就的人，都有坚实的基础。学专业的基础书籍，要逐章逐节地掌握，包括概念、定义、原理、基础常识和基本技能，决不能有所偏废，读这一类书，最忌贪多求快囫囵吞枣，要做到处处求解。在学习中要重视思考，眼脑并用，只看书不用脑，是很吃亏的，知识是相互联系着的，我们要吃透它，就要把握住它们彼此之间的联系，由浅入深，有次序、有系统地学习，在基础不牢的情况下，想由浅处一步就跳到深处，必然会事倍功半。

打专业基础，不只是从书本上、理论上静止地学，还要同实践结合起来，要把学到的知识用到实践中。实践能检验我们的学习效果，帮助我们消化已学到的知识，"书到用时方恨少"，通过实践可以检验我们究竟学得怎样，是真懂还是假懂，有些人在看书的时候自以为懂了，一实践就不行，这就说明他原先的"懂"，不过是一种假象，其实他并没有真懂。只把书本当教条，死记硬背是没有什么出息的，只有把理论和实践结合起来，灵活运用，才能统率全书，供我驱使，否则就会为书本所奴役，变成书本的奴隶。

在自学过程中，如何读书、会不会读书，关系很大。要学会读书，不断提高自己学的能力。我向来主张年轻人要多读书，把读书当作一件乐事，追求真理，其乐无穷。书要读得多，才能化得出，杜甫说过"读书破万卷，下笔如有神"，不读万卷诗书，哪里会有"神来之笔"，鲁迅先生小的时候，在绍兴三味书屋读书，是私塾里13个小孩中学识最广、读书最多的一个，因他书读得多，所以"对课"常常是最好的（"对课"是当时私塾里用虚实平仄的字相对来教学生作诗的一种方法）。有一次，老师出了一个"独角兽"的课题，其他的人都对"二头蛇""三脚蟾""八脚虫""九头鸟"等，他却对了一个"比目鱼"，很受老师称赞。老师说："独"不是数字，但有单的意思；"比"不是数字，但有双的意思，赞扬他书读得多，消化得好，是用了心思才对得出来的。

多读书，不是没有目的、没有计划地乱读书。书读得不多，知识贫乏，基础差，很难有作为；没有目的、没有计划地乱翻乱看，也会虚掷光阴，劳而少功。多读不是乱读，而是要有系统、有计划地读，一个阶段要学什么、看多少书，应有个计划，定期总结检查，如若没有计划，浪费了时间也不知道。多读和精读也不矛盾，它们是辩证统一、相辅相成的，多读基础才厚实，视野才开阔。但是，不重点精读一些书，长期在书海里漫游，不扎下根来，也不会有好的效果。

要培养读专业书籍的兴趣和习惯，要学会做读书笔记。任何有名的著作都是日积月累、辛勤劳动的结晶，只有多学习、多积累，才能出优秀的成果，读书笔记可以不拘一格，资料性的笔记，如索引、摘要等；读了一篇好的文章，顺手就记下它的题目、作者和出处，以便以后查用；难得的资料，出新的观点、值得商榷的论断，摘录下来，以便用时参考；读书心得，是把自己读书的心得随时写下来，为自己积累观点，以免日后遗忘。积累多了，就可以写专题论文。

"天才就是勤奋""业精于勤"，这些都是大家所熟知的名言。著名的科学家爱迪生说："天才是百分之一的灵感加上百分之九十九的汗水。"达尔文说过，他自己所完成的任何科学工作，都是通过长期的考虑、忍耐和勤奋得来的。被鲁迅称为用自己的笔墨使读者遭受精神刑罚的俄国作家陀斯妥耶夫斯基也说，他的作品都是用心血酿成的。走自觉成才的道路，同样要发挥自己的主观能动性，要刻苦钻研，持之有恒，这当中，最根本的一点，就是要主动、勤奋，做一个专业学习的有心人。

（原载《澳门日报》1989年7月12日）

我们是怎样教文艺理论课的

  暨南大学是一个面向华侨的综合性大学，每个年级都有一部分学生是从中国香港、中国澳门和各个侨居国回来学习的。根据国家关于港澳华侨学生"来去自由"的原则，这些学生毕业以后可以回到香港、澳门或他们原来的侨居地工作。这一部分学生过去接触文艺理论不多，对马克思主义的文艺观点、文学理论感到陌生，觉得不易理解。一些国内学生也由于受"四人帮"的余毒和当前社会上轻视理论的思潮的影响，对文艺理论课的学习表示冷漠，有的学生说："生活之树常青，理论是灰色的。"更多的学生则感到文艺理论比较抽象、难懂，不易学好。针对上述种种情况，我们在教学过程中采取多种教学形式，调动学生的学习积极性，激发他们学习理论的热情，使他们能自觉勤奋地学习。经过几年的努力，有一部分学生已对文艺理论产生了感情，愿意在这方面钻研深造，其他的学生也深深感到文艺理论课在中文系有它不可忽视的地位。几年来，我们除了在一年级开"文艺概论"课外，还在各个年级先后开出"马恩列斯文论选""创作论""文艺批评""古代文论选""美学专题讲座"等选修课，每门课都有相当多的学生选修。这一学期，1980届的学生没有文艺理论方面的选修课，就有一些学生到系里提出要求和意见。这些表现，反映了同学们学习思想的转变，以及他们对于文艺理论学习的热情和追求。

这个过程，我们主要的做法和体会是：

一、增强教学内容的现实感，使学生感到"文艺概论"是一门活的、有生命力的科学。

由于现有的《文艺概论》教材，大多数是20世纪60年代以前编写的，都不同程度地存在着历史的局限性，在若干重要的理论问题上，或是观点陈旧，或是有"左"的干扰和痕迹。例如在阐明文艺与政治的关系时，都是清一色的"从属"论的观点。在有没有人性、怎样看待人性等问题上，则往往是持简单否定的态度。又如关于作家的世界观和创作方法的关系问题，过去的教材比较注重说明世界观对创作方法的决定、制约作用，而对创作方法的反作用则往往论述不足，特别是对世界观与创作方法关系中的一些复杂现象，常常是避而不谈。还如在阐明文学的创作过程中和创作中作家的主观作用时，往往是只强调思想，而忽视了感情在创作中的作用，对于作家在创作过程中有时会出现的"非自觉的状态"，所有教材都没有涉及，更谈不上给予科学的说明。而近几年来，上述这些问题都有不少的理论研究成果，我们在教学中比较注意吸收这些成果，及时地让学生了解到理论上的一些新观点，使学生感觉到我们的文艺理论课并非照本宣科，而是随着文艺运动、文艺理论研究的发展在不断地更新和发展。与此同时，我们在教学上还坚持理论联系实际，联系当前文艺界关于理论批评和文艺创作实际情况进行教学，使课内和课外、学校和社会声息相通，给教学带来生气。我们的做法是：从每章每节的具体内容和特点出发，在讲清楚基本原理、基本知识的基础上，让学生了解有关的文艺现状，把当前文艺界的论争带进课堂。为了活跃学生的思想，促使他们去思考问题，我们经常结合教学或以"辅导讲座"的形式向学生介绍有关的"文艺动态"。如文艺界关于"写真实"和反映生活本质的讨论、关于典型环境和典型人物的讨论、关于文艺批评标准问题的讨论、关于"文艺是不是阶级斗争工具"的讨论、关于"朦胧诗"和"意识流"的讨论、关于戴厚英的长篇小说《人啊，人！》的讨论等，引导他们思考分析、比较鉴别，培养学生分析问题和理论思维的能力。此外，对于一些和教学内容密切联系着的有争议的理论问题，我们也在课堂上大胆地讲自己的见解。例如关于文艺作品反映生活本质的问题，我一向认为，作家在创作中必须从现象和本质的有机统一中去把握和反映生活的本质。因为本质存在于各种各样的生活现象当中，作家只有从生活出发，通过他所接触的错综复杂的生活现象，才能逐步地认识它、把握它。根据事物内部矛盾的运动情况和它所处的具体环境，本质可能表现为一般现象或假象、必然现象或偶然现象、普遍现象或个别现象。文学是以生活本身的形式反映生活的，作家在透视现象认识本质之后，不是抛开具体的感性材料，把本质从现象中挖出来，而是始终不脱离感性材料，把现象和本质作为一个活生生的统一的整体来描绘，让读者从具体形象的感受中自做结论，领会本质。因此，作家在进行创作的时候不能把现象与本质割裂开来，不能把一切假象、偶然现象排除得干干净净。雨果笔下的敲钟人卡西摩多、"笑面人"关伯伦，就他们的外貌和个人遭遇来说，在现实生活中也许是绝无仅有的，带有很大的偶然性。他们的畸形、丑陋的外貌，对这两个心地善良、品格高尚的人来说，也可以说是一种假象，要是雨果在创作《巴黎圣母院》和《笑面人》这两部作品的时候，把这些偶然现象和假象一律加以摒弃，就不会创出卡西摩多和关伯伦这两个杰出的典型人物。当然，在现实生活里，假象常常给人一种和事物本质完全相反的印象，作家在创作时，就要善于拨开假象的迷雾，使真相、本质逐步显现出来，但这不是要作家去摒弃它们，而是要求作家正确地认识它们，发现它们与本质之间的内在联系，并运用想象、联想、虚构、夸张等手段进行艺术描绘，使读者在偶然中看到必然，透过假象认识真相。我上述的这些看法，和以往教材所论述的并不完全一致，但我在报上发表的文章中这样写，在课堂上也作为自己的一种争鸣的意见告诉学生。对于学生提出的在学术领域尚未接触到的问题，如社会主义时期文学流派存在和发展的状况、文艺创作中有没有积极浪漫主义的"胜利"等，则鼓励他们从实际的文艺现象出发进行探索和研究。这样做，使学生感到我们的学科在前进、在发展，是有生命力的，并非如他们原先所以为的那样，是一些"不变的教条"，从而激发他们学习理论的热情，引导他们自觉地培养理论思维的能力，不做学习上的教条主义者。

二、围绕文艺理论的基本原理、基础知识，组织各种小型的学术讨论，培养学生独立思考和分析问题的能力。

学生在学习文艺理论过程中，对一些问题、一些作品经常有不同的看法，我们觉得这是他们肯动脑筋、思想解放的具体表现，并非什么坏事。作为文艺理论的教师，应该通过教学的各个环节，在学生之间、师生之间，努力创造一种自由讨论、百家争鸣的气氛。通过不同意见的论争，可以使同学们更深刻地认识真理。所以，我们每一学年都结合教学内容，组织一些小型的学术讨论会，在讨论中，切实贯彻"双百"方针，鼓励学生解放思想，把各种意见充分说出来，做到畅所欲言、各抒己见，取得了较好的效果。从组织到学术讨论活动中，我们觉得需要很好注意如下几个问题。

1.目的性要明确。我们讨论是为了辨明是非，寻求真理，不是布下疑阵，故弄玄虚，也不是吵吵嚷嚷，单纯图个热闹。所以每次讨论都要有明确的目的，围绕中心鼓励学生各抒己见，敢于讲出自己的见解，敢于争辩，敢于坚持真理。

2.要发扬教学民主，靠科学真理办事。在讨论中提倡以理服人，要求学生采取摆事实、讲道理的态度，不能互抓辫子、扣帽子或乱打棍子。对讨论中出现的错误意见，也要坚持说理，只有说理，才能服人，不能讽刺挖苦，不能压服。在这种情况下，教师的做法是：以真理去吸引他们，而不是强迫他们接受真理。

3.讨论的题目要具体，不要过于空泛。每次讨论只集中一两个问题，不宜面面俱到。几年来，我们曾经组织过一些比较有成效的讨论，在1978级组织讨论过苏联鲍里斯·拉甫列涅夫的中篇小说《第四十一》、日本故事片《望乡》，在1979、1980级又组织了关于"朦胧诗"、典型环境和典型人物、文艺的真实性和有争议的话剧《假如这是真的》等讨论，每场讨论都立足于帮助学生弄清一个理论问题，如怎样评价一个作品的主题，如何看待文艺的社会效果，生活真实和艺术真实、文学作品的内容和形式，典型环境和典型人物的关系，如何理解文艺反映生活本质的问题。讨论之前，要把题目和要求提前告诉学生，并给他们介绍有关的参考资料，当前有争议的难度较大的问题还要给他们指出难点、疑点和分歧点，帮助学生事先写好参加讨论的发言提纲。

4.要重视总结课。每次讨论，学生都会提出一些问题，在讨论过程中也会暴露出他们学习中存在的问题，对于这些问题，我们在总结时就从理论上给予分析、阐明和解答。1978级学生在讨论日本故事片《望乡》时意见分歧很大，有的说好，有的说坏，在争议中虽然也涉及一些具体问题的评价，但对社会效果有不同的理解，是造成意见分歧的主要原因。所以我讲总结课时，就着重帮助他们解决如何看待文艺作品的社会效果问题。在归纳他们讨论情况的基础上，具体讲了三点：（1）如何正确理解文艺作品的社会效果；（2）文艺社会效果的复杂性；（3）有关文艺的社会效果的几个具体问题（批评标准和社会效果、社会效果和票房价值等）。同时也结合回答他们提出来的有关影片的具体问题。这样的总结课，同学们很欢迎，在课堂上感情的反应也特别强烈。

从我们几年来的教学实践看，组织这种小型的学术讨论会确是活跃学术思想、理论联系实际、提高学生独立思考和分析能力的一个有效途径。记得1978级学生在讨论苏联小说《第四十一》的时候，同学中有三种不同的意见，为了做好论战准备，他们自然地形成三派，即"赞成派""反对派""中间派"，各派多次开会研究作品，分析国内外评论界意见，因为评价这一作品，要牵涉到人性论、人道主义和艺术典型等许多复杂问题。为了弄清问题，他们翻阅了文学、美学、哲学、历史、心理学等许多参考书，每个同学都写了详细的发言提纲。讨论前夕，无论是在课室、宿舍，还是在饭堂、走道，到处可以听到中文系同学关于《第四十一》的争论，有时一顿饭足足吃上个把钟头，饭凉了，菜冷了，同学们还在兴致勃勃地争论不休。这种争论的热潮还扩展到别的系，他们中有些人跑到中文系来参与争鸣。到了讨论那天，同学们一早就来到课堂，围成一圈，中间放上一部录音机，会上各派畅所欲言，直抒己见，在激烈的争辩中，不时响起阵阵喝彩声，整个会场呈现出一派热气腾腾的可喜景象。原定计划讨论三节课，但第三节下课，同学们还不愿离去，一直讨论到中午12点才告一段落。实践的结果证明，只要同学们的学习积极性充分调动起来，讨论是可以收到良好效果的。通过这场讨论，同学们不但增强了用马克思主义的立场、观点、方法评论文艺作品的能力，而且培养了他们开展学术讨论的兴趣。在他们当中，形成了一种百家争鸣、民主商讨、共同探索的学习风气。

三、通过做作业、写心得，检查学生的学习效果，有针对性地给予辅导。我们在教学的过程中，除了组织讨论外，还结合一些重点单元的教学，布置学生做一定的书面作业，如要求他们写对某一个理论问题的学习提纲，写文艺评论、学习札记等。这样做，有利于检查学生的学习效果，了解他们是真懂还是假懂，是背结论还是确有认识，实践的能力如何，能否进行独立思考，及时发现和解决他们学习上存在的问题。有一次，我在讲典型问题时，要求学生每人写一篇典型问题的学习札记，从作业中，发现一部分学生对典型问题的理解有简单、片面的毛病，不少学生把典型的反映生活本质，同写多数、主流完全等同起来；有的学生则把文艺的真实性和反映生活本质对立起来，以强调"写真实"来反对文艺必须反映生活本质；有个别学生还持着否定典型化的自然主义观点。针对这些，我在作业的总结课时，就着重讲了三个问题：（1）典型和典型塑造的意义；（2）典型、主流、多数和本质；（3）反映生活本质和"写真实"。对他们在作业中暴露出来的文艺思想和方法论方面的问题，也及时地指出来，从正面给予疏导和教育，要求他们注意树立正确的文艺观。这样做，很受学生的欢迎。结合教学，我们经常布置学生写文艺评论作业，在作业中发现他们艺术分析的能力比较差，为了培养他们文艺评论的能力，必须提高他们欣赏作品和分析形象的水平。但是由于教学时间有限，在课堂上不可能对一些文艺作品进行具体、详细的分析（特别是艺术分析），所以我们就用学生的自由活动时间，不定期地举行"阅读与欣赏"的专题讲座，由教师或校外作家讲解古今中外一些文艺名著。几年来，我们先后组织了"唐诗选评""红楼一回讲""散文的诗意""散文的美""天安门诗歌赞""当前诗歌创作的一些问题""电影《流浪者》分析""电影《巴黎圣母院》分析""电影的蒙太奇手法""李清照词赏析""《荷塘月色》赏析""电视剧《虾球传》的艺术构思"等16次讲座，取得了良好的效果。同学们说："这些讲座讲得具体生动，为我们怎样分析、评论作品提供了良好的范例。"

四、注意课堂语言。文学是语言的艺术，文学创作很讲究语言，讲课当然不是创作，但讲的是文艺理论课，是研究文学艺术的科学，语言也不能过于干枯。一个文艺问题，各人有各人的理解，有各自不同的表述方式，教师在讲课时，应该有一些带有自己体温的语言，也就是说，不要只是照本宣科，而要运用自己的语言来表达我们的见解，阐明我们对某一问题的看法。课堂语言，要力求精练、通俗易懂，有吸引力。我们阅读马克思、恩格斯的文艺论著，常常惊叹于他们运用语言的精确，恩格斯在《致敏·考茨基》的信里提出的"每个人是典型，然而同时又是一定的单个人，正如黑格尔老人所说的'这一个'"。在典型问题的论述上，就很有他自己的特色。理论的语言首先应当是准确、科学，但准确和科学不等于平板无味，丰富、深刻的思想，也可以用精练、形象的语言表达出来。别林斯基把典型称为人们"熟悉的陌生人"。布封说："风格即人。"鲁迅认为，悲剧是"将人生的有价值的东西毁灭给人看"，喜剧是"将那无价值的撕破给人看"（《再论雷峰塔的倒掉》）。这些，都是相当形象的语言，但又都道出了某一方面的真谛，具有丰富的理论内涵。作为一个学科，文艺理论具有无比丰富的内容，而学生进大学以后接触文艺理论，首先是从《文艺概论》开始的，如果我们能在教学中抓紧各个环节，把课讲得有吸引力，依靠理论的逻辑力量和教师自己对问题的真知灼见，在学生的心里，燃烧起对文艺理论的热情，使他们在这方面有所追求，对于他们以后的学习是很有好处的。

（原载《文艺理论研究》1982年第3期）

授人以鱼孰若授人以渔

——谈谈研究生教学

　　再过六年，就是21世纪，现在就读的博士生、硕士生是跨世纪的专业人才，当代研究生应以什么姿态迎接跨世纪的挑战？学校应如何培养这种人才？这是摆在我们面前必须思考和回答的问题。

　　硕士生、博士生是学校里高层次的学生，肩负着历史的重任，应有比较重的历史使命感。作为导师的我，也深感这种使命的沉重，愿竭尽心力培养好学生，以适应未来世纪对人才的需求。我是学校复办以后首批肩负培养研究生任务的导师之一，在自己十几年研究生教学工作中，深深地体会到培养德才兼备的专业人才是研究生导师神圣的职责。

　　在平时工作中，我们常常看到，有些人有较好的专业素质和很好的开拓能力，但由于道德修养不尽完善，影响了他的事业发展；也有些人，人品很好，但由于忽视对自己思维能力的培养，发现问题、解决问题的能力较弱，因而未能在事业上有所建树。这就昭示我们，对一个专业骨干人员来说，德才兼备是十分重要的。导师要努力引导学生向这方面发展，学生也要从在学期间就自觉地注意自己的道德修养，注意专业创造力的培养。从导师的角度，就是要在指导学生的过程中重视开拓学生的智力，培养学生的理想人格。

开拓学生的智力，关键是培养学生发现问题、解决问题的能力。发现问题的能力不是凭空而来的，它必须建立在扎实的专业理论基础上。俗话说，"万丈高楼平地起"，任何高水平的技能都是从最基本的知识引申得出的，你要有所创造，就得了解本学科基础理论和基本原理及该学科的历史和现状，如果对这些不熟悉，就难以进行研究并从中发现问题。因此，硕士生、博士生在学期间一定要打好专业的基础，任何找捷径、急功近利的做法都是不可取的。

有了扎实的基础，还要注意能力的培养，学了满腹的理论，如果不运用到实际中去，学到的知识也是死的。只有把学到的理论运用到实际中去，在实践中发现问题，分析和解决问题，才能把课堂上学到的学科知识变成活的知识。研究生和本科生教学上的不同之处，就是要培养研究生的科学研究能力，而培养研究生的科研能力，首先是要培养他们发现问题的能力，才有可能对问题进行研究，从而创造出有价值的东西。再就是要重视对学生方法论的指导，帮助他们掌握科学的研究方法。正如古语云："授人以鱼孰若授人以渔。"

学生面对导师的时间毕竟是有限的，导师要指导学生自觉创造有利于学习、研究的环境，并给他们提供适宜的条件，这也是开拓学生智力的又一方面。作为文艺学的导师，我倾向于让学生在阅读的基础上进行各种形式的讨论，每次课都划出一定的时间让学生围绕某一中心问题进行讨论，然后从他们的讨论中发现问题，有针对性地给予讲解和点拨。这样，效果比满堂灌要好得多，同时也能培养学生相互之间讨论、切磋的良好风气，使他们有勇气就学术问题在课堂上同教师对话，外出参加学术会议时也能自由地跟学者切磋。我认为每位导师都要创造条件让学生参加本学科的学术会议，有意识地提高他们的信息量，使他们感同身受本学科课堂以外的东西，有自觉接受良师益友帮助的欲望和认真学习的动力。

在研究生教学中，学位论文的指导是一个重要的环节。如果平时师生之间有比较多的接触，加深相互之间的了解，导师在指导学生写论文时就能够得心应手，论文的题目应是学生学习的优势，又是在学科中较有前景的课题，由此写出的论文才能体现学生学习和科研能力的水平，同时也检阅了导师的工作。

开拓学生的智力，培养有专业才能的学生是导师的职责。对学生理想人格的培养，对研究生导师来说也是责无旁贷的。

当前，国家正处在社会经济生活转型期，人们的道德观念、价值观念随之发生变化，面对新的道德观念构建时期，对高等学府高层次人才——研究生理想人格塑造、公德意识的培养就显得非常重要。

我们中华民族自古重视公德教育，有过不少精辟论断，诸如"己所不欲，勿施于人""君子成人之美，不成人之恶""先天下之忧而忧，后天下之乐而乐"，又如提倡"多思""内省""修身""慎独"等，在今天仍然是值得借鉴的。重视公德修养、理想人格塑造看似老生常谈的问题，但它的的确确对我们青年人的成长起着至关重要的作用，中国社会是一个重视人际关系的社会，每个人都必须在社会的人际关系中被定位、被评价。如果我们的公德观念淡薄、人格不完善，就很难处理好各种人际关系，那么，即便你有很强的专业能力，也难以被社会所接受和认同。因此，从学生时期就要注意修炼，教师也要注意引导学生去完善自己的人格，为国家进入21世纪输送更多德才兼备的人才。

（1994年5月4日于暨南园）

我指导研究生的四点体会

我从20世纪80年代初遴选为硕士生导师，1993年领衔建立暨南大学文艺学博士点至今，已培养了数十名硕士、32名博士，现仍有十多名在读博士生。我在研究生导师工作中有欢乐，也有忧伤，欢乐的是我的许多研究生已健康成长，在事业上有所作为，有的已是博士生导师，有不少是硕士生导师，还有的在大学里和政府部门任校、院、系、所、处、台的负责人，而且有不少著作和数量较多的学术论文问世；忧伤的是有个别很好的学生英年早逝，还有个别学生出了校门之后，表现不尽如人意。但几十年来，我为这项工作付出了许多心血，得到的是学术上和情感上的收获。下面，是我在指导研究生工作中的几点体会。

第一，作为研究生导师，我觉得很重要的是要给自己的教学定位。

如果说，本科的教学主要是讲授学科的基本原理、基础知识和基本技能，通过讲解、阅读和讨论，使他们对学科有一个基本认识，那么，硕士生的培养，应在这一基础上，让他们对学科史有所了解，要指导他们阅读学科发展过程中若干经典性、有代表性的著作，当今有开创性的新成果。特别是了解本专业著名学者如何面对、解决现实问题的思路和方法，总结、领会前人的创新经验，激发他们对学科的热情，培养他们的问题意识、创新意识和独立思考能力。而博士生的教育，更多是在思想和精神层面上培养，引导他们探讨学科潜在的良好传统，继往开来，启发他们关注学科发展中存在的重大问题，对他们进行学术品位、人格力量、专业道德和学术规范的培养，激发他们对专业的深厚感情，使其具有一种生命的依托感，培养他们的创造力和科学研究能力。我曾为本科学生讲授过多年的文艺理论课，后来又指导过多届文艺学硕士、博士研究生，在教学实践中，我体会到：明确这三个不同层次专业教学的区别和联系，既能完成各层次的教学要求，又能不断拓展自己的教学成果。

第二，打好专业基础，培养创新意识和发现问题、分析问题、解决问题的能力。

创新意识在研究生培养中是十分重要的，但"万丈高楼平地起"，没有强固的"地基"，高楼就建不起来，因此，继承性的学习，是基础，也是创新和前提。

每个专业都有自己的学科体系、基本环节和规律，研究生入门以后，首先就要让他们把握这些。这是基础，也是建立高楼的地基。我的做法是：每开一门课，都要弄清楚它在专业学习中的位置、所承担的任务，也就是该课程的教学目的和要求。不但导师自己要清楚，也要让学生明了。然后按这一目的和要求，开出系列阅读书目，包括经典著作、有创意的新成果，以及有关的学科史、方法论方面的书，并圈出其中必须精读的少数书目。讲课的时候，除按要求讲解课程的基本内容外，还结合学生阅读的书讲学科史、相关的课题史，讲新的学术信息、学术界的"焦点话题"、我自己对这些问题的思考，以及典型个案分析等，开阔他们的视野，引导他们关注现实，让学生在动态中学习，与时俱进。要求他们看书时要"触处求解"，获得真知，还要联系学科发展过程的实际情况，思考问题，做一个多思、善思的人，培养他们发现问题、分析问题和创新的能力。

20世纪90年代，我曾为几届文艺学硕士生开《红楼梦》精读课，这门课在一年级上学期开，旨在培养他们的审美意识和鉴赏、分析作品的能力。我让学生一回一回读，每次上课，都是先讨论，然后我再讲解，讲解时既讲我自己的看法，也回答他们在讨论中提出的问题，学生兴趣很浓，学习也主动积极；我还引导他们用跨学科的方法，把作品置于文化学、美学和比较文学视野中解读，引发出许多新的见解，课程结束后，在各个刊物上发表了十多篇论文，有的还发表在《红楼梦学刊》上。有的学生在这一基础上继续钻研，发展成硕士学位的论文，在答辩时获得好评。

为了开阔学生的视野，提高他们的科研能力，我还经常鼓励他们将自己的新见写成论文，推荐到学术刊物上发表，有机会带他们参加境内外一些学术会议，引领他们进入学术界。1994年11月，我带三个博士生和四个硕士生参加在厦门大学召开的粤港闽比较文学研讨会，他们都提交了论文，在会议上表现很好，给与会的高层学者留下深刻的印象，说我们的博士、硕士研究生个个"骁勇善战"。1995年8月，我带一名博士生参加中国社科院、北京大学等在山东济南主办的中外文化、文论国际研讨会，这是一次很高层次的学术研讨会，会前，我们做了充分准备。会后，师生俩的论文均被推荐给《文艺研究》，并先后发表于该刊1996年第1期和第3期，为我们当时刚建立不久的博士点带来良好的影响。2001年8月，我带三个博士生参加在南京召开的中国比较学第六届年会暨国际研讨会，一位博士生提交的关于翻译研究的论文，获组委会的好评，被指定为该圆桌的主持人之一，他英语虽好，但究竟是中文系出身，而提交翻译学论文的大多是英语系的学者，他看到大会议程后告诉我，觉得自己非西学出身，难以担好主持人，想要求换人，但我知道他口语尚好，近年对翻译理论关注思考较多，只要做好充分准备，不是不能承担，所以鼓励他迎着困难上，借此锻炼自己，并让我的另一个外语出身的女博士生协助他准备。结果，他不但做了该圆桌的主要主持人，还做得与会者十分满意，特别是当他们知道他是中文系的博士生，更是奖掖有加，也很认同我们博士生的培养质量。自1994年以来，我带研究生参加境内外学术会议共49人次，使他们在不同程度获得锻炼。新近，学校研究生部设立博士学位论文创新基金，2002级和2003级我有四名博士生在学位论文开题以后，获学位论文的创新基金。我新指导的32篇博士论文，有15篇已正式出版，有两篇被选入"哈佛燕京学术丛书"。

第三，身教言教，严格学术要求，发扬学术民主。

我认为，从研究生入门那一天起，就要培养他们的学术规范，同时又要释放他们的创造力，给他们创造发挥聪明才智的学术空间。

平时，我对他们的课程论文，为参加学术会议撰写的学术论文、学位论文开题的学术报告等，都要求比较严格，除课题立意要新，还要合乎学术规范，凡不符合要求的就推倒重来，所以每篇论文都要修改若干次，我为此付出大量的时间和精力。开始时，有的学生不太习惯，但在实践中他们觉得通过这样反复操练，自己进步了、提高了，还出了不少学术成果，就很认同我的这种做法，并且变成他们的自觉要求。

在教学中，我一直努力做到师生互动、同学互动，营造良好的学术氛围。我的做法是：组织好课堂讨论、学位论文开题会、答辩会等重要环节。

我十分重视每单元的课堂讨论，讨论的中心，目的要明确，有针对性。讨论的内容可以是对一本经典著作的阅读，也可以是对学术界某一有争议问题的讨论、对与课程相关的几个文本的解读，还可以是对某一学生新立研究课题的探究。每次讨论，大家发言都十分热烈，虽然见解不一定相同，却能相互理解，起到互补、互促的作用。

我组织的这些课堂讨论，实际上是一种学术层面上的师生对话、同学对话，做到教学相长、学术互动。通过讨论，我了解每个学生的水平、观点、文化取向、思维形式与方法，有助于教学上的因材施教，扬长避短，补短扬长；培养学生活跃的思考力和问题意识，克服那种照抄、照搬、照读的思维定式，也锻炼他们的言说能力。我非常重视学生发现的每一个问题，也珍惜他们在讨论中提出的新见解。我会在总结时对他们做出这样或那样的回应，并鼓励他们往理论的深处走。对各种不同的意见，我持的是一种宽容和包容的态度。

再就是抓好每年研究生论文开题的报告会，这也是研究生教学的一个重要环节。按规定，开题报告是在教研室范围进行的，但我会把几个年级的学生都叫来旁听、参与，把开题会开成小型学术研讨会，大家在一起对每个课题的不足处发话，直截了当，毫不留情，彼此获益匪浅。

每年研究生学位论文答辩会，是人才培养质量验收的关键。在经费不无困难的情况下，我都邀请国内同行的高层专家参加，因为这是学术评判，应有权威性。有一位专家，平时和我们联系不多，接到聘书后，打电话问我有什么要求，我说"严格把关"。他十分感动，还到处跟人说，我们不"护短"。省内一位著名的中青年学者，多次应邀做我们的博士学位论文答辩委员，也常说他参加我们学生的论文答辩，最没压力。因为是高层专家的学术评判，学生对自己论文的要求也比较严格。

第四，重视学生的人格培养。

具体来说，就是要使学生对社会、国家、民族、人生有一种终极关怀，待人处事要讲诚信、关爱，做一个高尚、正直的人。

我一向认为，知识、能力，后天可以培养，一颗正直的心，必须从小培养，在学习的各个阶段不断地完善。我们培养硕士生、博士生，也应引导他们不断完善自己的人格。

我曾经在发现一个学生在某一门课的课程论文违反学术规范之后，把该年级学生召集起来，讲了一课"现代人成功之路——诚信、上进、团队精神"。要求他们重道德、讲信用；要不断追求上进，建立自信心，要有良好的情商和敢于攻坚的精神；要学会关爱，爱同学、爱老师、爱自己从事的专业、爱护集体的荣誉。如今，这个年级的学生都已毕业了，但据他们回忆，那一次的课在他们心中留下极其深刻的印象。

　　最近，中科院院士杨叔子先生来"广州讲坛"做演讲，在演讲中，他讲到人格力量的作用很大，在教育上要重视学生如何做人的问题，要对学生进行人性化教育。并且认为，重点是要培养他们的情感，要让他们懂得爱人、尊重人、诚信待人。关爱是健康人格的标志。我很同意杨叔子院士的这一看法。这些年来，我在教学中比较重视学生的情感教育，总希望在学科内部、师生之间、同学之间能形成一个团结、和谐的群体。应该说，作为研究生导师，我自己也很爱他们。早在20世纪80年代中期，我还在带硕士生的时候，在当时的研究生楼，文艺学研究生的团结就有点"名气"，他们自己也写文章，《瞧！我们这一家子》《这里有一片青草地》等，在《羊城晚报》上发表。90年代，我的一个博士生在学时得了癌症，我们"点"的博士生、硕士生都十分关爱他，在他休学回河南家乡医疗期间，我的不同时期的研究生和港澳生都捐款助医。自80年代至今，每年都有我的硕士生或博士生被评上南粤优秀研究生。今年，我有两名博士生在论文开题之后获学校"创新基金"，其他同学都对他们表示祝贺，还为他们打气，呈现出一种团结、和谐的氛围。

当然，和谐不等于没有矛盾，团结也不等于没有竞争。但我们力争在不断消解矛盾和公平竞争中达到更高的和谐。

（原载《中国研究生》2005年第5期）

为了更高的飞翔

——谈治学心得

在个人的学术研究和研究生的教学中，我都十分注重方法论的运用与训练。方法论是每一个从事学术研究的人必不可少的准备；方法对头了，研究才可能找到"入口"和"出路"，才能做到事半功倍，不断积累学术成果。方法又不仅仅是方法，一种新的方法论的出现，往往会导致一种新的研究观念的诞生；反之，新的观念、理论的提出，也总是伴随着新的方法论的运用。方法论在一定程度上甚至可以影响一个学者研究的品位和价值。

在我看来，学术研究不能为方法而方法；方法论的掌握，应该立足于学术的创新。方法论又不是可以凭空掌握的。研究某个问题，首先要把与之相关的问题搞清楚。任何文本都有其产生的历史原因和文化土壤，研究者要把文本放在特定的历史时代和社会环境中加以考察；与此同时，还要把握历史上人们对文本的不同见解和阐释，以及与这一问题有关的其他问题的研究史。除了上述"史"的观念，"论"的意识也应重视，即要善于发现问题，要有"问题意识"，讲究推陈出新。对各种各样的材料，既要"入乎其内"，又能"出乎其外"，不做材料的俘虏，这样，学术研究才可能产生价值。在研究策略上，我提倡在把握总体格局的前提下，更多地从具体领域、具体问题着手开展研究和发展理论，也就是要"大处着眼，小处入手"。

下面，我就研究方法谈几点学术方面的心得，供大家参考。

第一，读书"八说"。我在教学中注重方法论的指导，主张学生阅读文艺作品和学术著作时，要带着问题对其进行不同层次的思考，因此提出有名的"八说"。

前面"四说"是关于怎么读书，探讨文本时应该学会由表及里地追问：首先是"说什么"，即熟悉作品的人物形象、情节内容；其次是"怎么说"，即关注作者塑造形象、表达思想的各种艺术手法；再次是"为何说"，即挖掘作者的写作意图、精神内涵和艺术动因；最后是"何以说"，即作者依据什么逻辑可以如此言说，揭示作品所蕴含的文学共律，以及对其他著作构成的突破。

而研讨某个课题前，要有研究的历史感，对问题及其学术史追本溯源，以便明确自己的研究是"从头说、接着说"，还是"对着说、重新说"。"从头说"就是对一些过去没有解决的问题，由你第一个来论说；"接着说"是指前人已做了若干研究工作，但围绕这个问题还有新的学术空间，可以接着论说下去；"对着说"是对一些被扭曲、被遮蔽的理论与历史问题，还原其本身的面貌；"重新说"是从新的理论角度，或运用新的方法对原先人们论述过的问题重新立论。

我的读书"八说"很受学生欢迎，可以让他们更简明扼要地掌握读书与做学问的方法，从阅读中学会思考与探索问题，在研究中去发现与解决问题，并选择一种适合的角度和方法切入探讨和论说。做学问一定要脚踏实地地做好每一步工作，才能对相关问题及以往的学术成果有所发现和补足。

第二，创新意识。学习专业知识不是为了重复它，而是要以它的理论为发端，研究和解决本学科本专业的新问题，真正的革新者不是模仿者，也不是"移植者"，而是创造者。现实在发展，学科在前进，我们要去回应现实中出现的种种新问题，就应有创造性的思维，才能对其做出有原创性的诠释。

培养创造力，首先要"立本"，立专业之"本"，也就是要搞好继承性的学习，了解学科和专业的历史，打好理论基础，这是创新的前提。每个专业都有自己的体系、基本环节和规律，对这些一定要掌握好，还要根据专业的特点，广泛接触有关书籍，开阔自己的学术视野，培养活跃的思维能力。多读书，不是为了重复和证实别人的观点，而是积累资料，取其精华，剔其不当，以利自己的创新。阅读过程会有所触发，要随时记下自己的"思想火花"，作为观点的积累；对别人著作中精辟的有创意的观点，要及时做笔记，作为今后研究问题的借鉴；对自己有兴趣的问题，可以做若干专题索引，把有参考价值的书目、篇目集中起来，以便日后查找。

治学还要会面对困难，有意识地培养自己自信、自强，敢于攻坚的精神和毅力。许多事业上成功的人，都是在困难面前能举重若轻，同困难相抗争。缺乏自信、脆弱悲观的人，是很难有创造发明的。

第三，问题意识。学术研究和学术思想的演进、深化，关键在于能不断地提出新的问题。因为能提出一个新的问题，就意味着有一种新的思路。一篇优秀的论文、一部好的学术著作，开头能吸引我们的就是它所提出、设置的问题。问题的发现和提出，表现出研究者的知识水准、领悟力和洞察力，也就是个人学术的思维能力、创新能力。

我经常鼓励自己的研究生，从博士论文开始就要选择一个有学术生命力的"长线"问题，也就是说，这个问题是可以不断开拓，足以向深处走而且越走越宽的一个学术领地。当然，这除了要看你努力的结果，还要看学术机遇和研究对象本身的思想和文化的含量、价值。而要做到这样，应该在研究中持一种严肃的学术态度，还应有理论、有方法、有实证分析。所以问题和方法，作为严格意义上的学术论文，尤为重要。我认为，问题意识是对事物"内在理性"的一种突破，以质疑、索解的科学态度去审视自己的研究对象，运用知识和经验去判断外界和自身，使其不断补充、完善、发展。

有一些论文对所研究课题的学术史交代不够清楚，梳理不细致，或者只将与课题相关的资料目录罗列出来，没有综合辨析，因而显得针对性不强，缺乏新意。事实上，对前人成果的阅读、筛选、归类、辨析的过程，是发现问题和引发自己学术兴趣和关注点的基础。

第四，个案研究。我一向赞成青年学者做研究先从个案做起，自己也很有兴趣于个案研究。我很赞同夏中义教授的见解，即个案研究的方法与创意在于：从文献学层面给予对象（某一作家、理论家、学者或著作）以整体性逻辑还原。这种"还原"的陈述与追问应该包括：作者是一个怎样的人？处于什么样的生存状态？有哪些著作或作品？哪些是他的标志性成果？有何创新与贡献？其写作背景和心理动因是什么？为何能给文学界、学术界带来大的影响？从精神层面去探询对象，追问其深层意义。这样做，有助于改变以往某些文学史、文论史、学术思想史存在的纯粹概念和范畴的演化，只重历史、政治的背景原因，而忽略了作家、理论家、思想家的创造力及其作用。因此，做个案研究，一定要把作者的"话语"肌理弄清楚，特别是他们的个性追求和学术思路，个人对现实的体悟、感应、评判和创见，以及历史如何给他们提供某种际遇和空间，从一个"点"，沉潜到历史的深处，在学术上做出自己的贡献。这样来研究作家、诗学家、学者和理论，才能探到"史的脉动"和"人的体温"，于是，远逝的历史就被人们唤醒，重新活在新的学术场域中。

第五，集群会通。集群会通式的探讨，就是不要一开始就急于寻求新体系、大理论的建构，而是要根据自己已有的知识和有兴趣的学术问题，去面对各种诗学话题的延伸状态，如文论中的学派、观点、范畴等。从其原生状态梳理起，只有在一个一个问题具体清理基础上才可能达到"会通"，才有可能进行言之有理、持之有据的立论，才会有一定层面的"会通"。

第六，比较的方法。从具体的专业方向来说，我们所倡导的比较文艺学，是将比较文学的方法应用于文艺学研究的一种尝试，旨在超越传统文学理论内在的区域性限制和学科界限，对不同文化、不同民族、不同国家、不同时期的文学思想、文学理论模式进行比较研究，以实现传统文论的创造性转化，寻找重建现代文艺学体系的基础和条件。我们力图通过方法论上的突破而在多维度比较视野中拓展文艺学研究的深度与广度，希望通过这种跨文化的比较眼光，跳出过去各种"中心论"为主的文艺学体系，为当代中国的文论建设做一些切实的工作。

而在海外华文文学研究方面，我也提倡引进比较文学多维比较的方法，这是对传统的社会历史学研究方法的一个补充。我们可以在华文文学整体观照下，将中国本土文学同其他国家的华文文学相比较，在比较中探索其发展的脉络及不同民族文化相遇时碰撞和认同的过程及其规律；也可以将本土以外的其他国家、地区的华文文学相比较，研究不同国家、地区华文文学特殊存在方式、美学模式、文学风格及作为语言艺术的衍变史；还可以将同一国家不同群体的华文文学做比较，探讨它们在同居住国主流文化碰撞时所采取的不同态度及做出怎样的反应与选择。这样做不只是求"同"和明"异"，而且会使我们对研究对象的认识更为深刻和全面。

回顾自己半个多世纪的学术历程，我体会最深的一点就是学科的融通、互动，对学科的发展具有一种双赢的力量，我通过自己的教研实践，一次又一次地感受到跨学科研究的那种不可名状的勃发生命力。自改革开放以来，随着学科和方法的多元发展，已经进入可以相互融合、相互融通的阶段，因而学科的发展途径和范式也趋于多元互渗，形成了"每个学科都在边界上"的现象，完全可以在研究中进行"间性"的"对话"，通过"对话"，拓展这些"间性"领域，在两个或多个相关学科的交叉地带培育新的学术思路，提出新命题，建构新方法，寻找自己所属学科建设的各种新超越。

（原载《广东省优秀社会科学家传略（一）》，中山大学出版社2021年12月）

第六辑

花到深处更知香

长白山天池揽胜

　　我在长春参加中国比较文学学会第五届年会暨国际学术研讨会，会后应友人邀请到延边大学所在的延吉市，有机会和几位好友上长白山，我们共同的一个心愿，就是要观赏名扬中外的天池。长白山的天池位于长白山火山锥体顶部中央处，是中朝两国的界湖，东西宽3.35公里，南北长4.82公里，水面面积9.82平方公里，平均水深204米，每年平均水温为-7℃左右，湖面海拔2194米，是东北地区最高的湖泊，也是我国火山口湖中海拔最高的一个。头天晚上，友人温先生就预先告知我们，此行是否如愿，要看天公作不作美，因为这段时间正是长白山的雨季，山上气候一日多变，如上山以后，天气不好，那就什么也看不到，有的游客先后来过三次，竟一次也未能观赏到天池的真貌。我们听了多少有点扫兴，但决心并没有动摇。

　　我们是早上7时左右从延吉市乘吉普车上山的。从延吉进入山区，沿路有朝鲜族同胞的村庄，村庄里的房屋多为四角形的瓦顶矮屋，门前有瓜菜、水渠，在阳光下，好新鲜，很有情致。车在公路上奔驰，公路两旁，杨树青青，野花烂漫，时有身着民族服装的朝鲜族姑娘在路中走过。我们一行7人，除了温和司机小孟，都是来自广州和上海，长期在喧哗的大城市生活，面对如此静谧的大自然，都发出由衷的赞叹！车一进入林区，近谷远山，到处是郁郁葱葱、层层叠叠、深深不知几许的树林，在澄明的阳光下，在这峻美的山峦之间，我们一个个都满怀信心，相信自己正是福星高照，一定可以观赏到传说中清绝的天池。

为了在中午以前到达山顶，小孟驱车，稳中求速，沿着山中的公路绕了一转又一转，越到高处，山景就越来越奇险，到了海拔1700米至2000米的岳桦林带，由于气候恶劣，林木稀了，也矮了，所有的岳桦树，都弯弯曲曲地向上长，枝条细小畸形，而且失去了青苍的颜色，好像一群负荷超重的残疾老人，在山的起伏中挣扎，令人看了有一种沉重的沧桑感。过了岳桦林带，山上全是灰色的沙石，无草，无树，偶尔有鸦声划破长空，山色显得老逸而苍凉。大约在中午12时，我们到达了山顶的停车场。上山前，听当地的朋友说山顶很冷，我们都带上防寒的风衣，但出乎意料，我们到达时竟是满山的阳光，空气异常清新，风从远处的山林吹来，并不觉冷，我们在风籁中观赏四周的景物。温告诉我们，要登上山巅观赏天池，还有200多米坡度很大的山路，要大家抓紧时间。朋友们拉着我一步步往上走，沿着那未经修整的沙石混杂的台阶，迎面是许多高低交错的灰色岩石，我们来到岩石的极顶，就看到了山下辽阔、平静如镜的天池。池面上没有风，水是静定的、碧蓝的，池中有山和山石的倒影，我们就屹立在水和山的上面，天池美丽风景的全部就像画片似的展露在我们面前，那是一种旷达、复绝的美，有神韵，有灵气，有内涵。此时的池景，并非通常所说的秀美、壮美所能概括，而是一种超尘绝俗能令人心灵跃越的美。在这清绝、奇崛的山水中，我们每个人都像童真的小孩，急急投入大自然的怀抱，去领会那灵魂的愉快。当我们在自由的宇宙里自得、流连忘返的时候，温发现山间的气候有了变化，要我们赶快收拾东西下山。就在这一刹那，日落风起，池面上云雾聚集，山水失色，停车场也在云雾笼罩之中，我们手拉手穿过浓雾，找到了车子，刚坐定，小孟就驱车下山。车到了黑风口，风很大，还下起毛毛小雨，站在黑风口的石台阶往上望，乱云飞渡，山在虚无缥缈间，更显得它的沉雄和神秘。

小孟的车在下山的公路上绕了许多个弯，快到天池瀑布处，天气突然好转，于是，我们又停下来，观赏瀑布和附近的小天池。长白山天池的水主要是山上融雪汇集而成的，那里冬天很长，寒来暑往，积雪无穷无尽，水也永不枯竭。天池四周山峰环绕，只有北侧的天豁峰与龙门峰之间有一缺口，池水就由这一缺口流出，到海拔1250米的断崖处飞流直下，形成68米高的瀑布。瀑布流泻下来，白浪飞溅，宛如银河倒挂，极为壮观，是松花江支流二道白河的源头。我们站在山坡上，看翻腾的瀑布汹涌而来，激奋地、欢乐地向山底下奔泻而去，气派之大，非平常所能见。在长白山瀑布附近，有一圆形的湖泊，俗称银环湖，又称小天池，湖水碧蓝，湖的周围是矗立的山峰，湖边有各种野花和树木，我们坐在湖旁的石凳上，看比绿玉的绿更美的水面，山影、树影、花影、云影尽汇其中，有掩不尽的悠悠情趣。

下午3时左右，我们的车才开出长白山门，到了山下的二道白河镇。温在一间小饭店招待我们吃一顿"山珍"，是用长白山的野菜做成的，大家都吃得很欢。当晚我们就在二道白河的旅店安歇，旅店的设备虽然简朴，因是林区小镇，依然有那份宁静与舒适。

现在，我已返回穗市，但长白山之行的回忆仍鲜明地留在我的脑海中，我的心似乎还留在岳桦林蔓生的长白山上，在那峻丽夐绝的天池边，这是多年没有领略过的快乐。这些日子长白山的山水总令我魂牵梦萦，我把它在我心中的投影写出来，是对那山山水水的一种回报，因为它给我如此的快乐和慰安。

（原载《羊城晚报》1996年9月5日）

在新西兰过大年初一

　　大年初一，如若在广州，应是亲人朋友团聚一堂共度佳节的时刻，不大可能外出郊游，但是在新西兰就不一样了，虽然华人社团组织有"华人同乐日"一类迎春、庆春的活动，但因华人圈很小，未能在社会上形成什么气氛。可是在中国人心里，"过年"的意念还是很突出的，尽管年三十和年初一都不是公众假日，唐人店里还是挤满了购买年货的中国人。为了欢庆岁月的新一轮开始，我和女儿怀着喜悦的心情，从"华人同乐"的市集中买来了金灿灿的"福"字，还有象征兔年的"金兔"，分别挂在大门口和通往车房的侧门上，年三十晚，特邀请了在新的9位亲朋，热热闹闹地吃了一顿丰盛的团年饭。年初一，女儿没有课，我们计划外出郊游，女婿有一个白人朋友，叫Franklin，是奥克兰市郊一个大农场的场主，知我来奥克兰度假，曾邀我们到他那里做客，但一直未抽空前去，那天，女婿给他打电话，说今天是中国人的新年，我们打算到他农场玩。他表示欢迎，还在电话里说："我知道，是你们的兔子年，祝你们兔子年好！"我没有想到，他居然知道今年是兔年，所以格外高兴。

早餐后，我们驱车前往，开了一个多小时的车，就到了Franklin的农场，他的农场很大，专门种西芹菜，奥克兰各蔬菜店里的芹菜，多数是他农场供给的。此外，还种有供摆设的各种绿色植物和花卉。由于我们提早到达，Franklin进城出货未回，他的太太Lucy和儿子Alan热情地接待我们，带我们参观地里的西芹和其他绿色作物。他们的农场共有126亩土地，还有半边山坡和一个面积不小的天然湖。山坡上养有羊群和一些黑色的奶牛，Lucy看我们对羊群感兴趣，就让Alan开了通往山坡的木门，自己用绿色塑料桶装满饲料，把桶顶在头上，一面用手拍桶，一面发出"哎……哎……"的声音，刹那间，山坡上的羊群就朝着我们奔跑而来，到她跟前围着她欢叫、跳跃，她从头上取下绿桶，用手把饲料播送在草地上，羊群就安静下来吃，唯有那只带头羊一直围着她转，Lucy用桶里的饲料喂它，时而拍拍它的背部，时而蹲下来亲它，直至吃完全部饲料，它才带着羊群依依不舍地离去。Lucy是一位有文化、有教养的妇女，她热情、幽默，在给我们介绍农场的过程中，妙语如珠。她虽然已经50多岁了，但一头金黄的头发，穿着套头无袖的黑色线上衣、牛仔裤、带有金色饰物的厚底黑色皮凉鞋，指甲和脚甲也染成金黄色，雪白的牙齿、深蓝色的眼睛、端正的鼻子、嘴角微微翘起，显得很有精神，给人一种生气勃勃的感觉。她召唤和喂养羊群时，同它们是如此亲近，就像对自己孩子一样，尽管没有说话，但我却感觉到她的行动里充满温柔的话语。

送走那些可爱的羊群，我们站在高处观赏湖里的天鹅。

此时，Alan从山坡的另一边走来，指着远处围在草地上的另一群羊，告诉我们，这些是供吃的肉羊，同刚才那些养来剪毛的羊不同，他们只喂饲料，不同它们接触，以免"出货"时心理上有障碍。Lucy接着说，那绵羊都是雌的，这些肉羊则都是雄的。还打趣说："你们中国人是重男轻女，我们这里可是重'女'轻'男'啊！"Alan向我们解释，雌羊能生育，可以为他们带来财富。

在我们参观农场的过程中，有两只狗一直跟着我们，老在我们身边转来转去，一只是肥壮的大黑狗，一只是矮脚长毛的小牧羊狗，我小时曾被狗咬过，所以十分害怕，Alan看我害怕，就说："这两只狗都是我们家的成员，很温和，从不伤害人，不用怕。"Lucy亲自带领着它们，还不断地俯下身去亲亲它们，同它们说话。

我们在花园里喝咖啡时Franklin回来了，他身材高大，戴着一顶遮阳帽，穿着黑白格子的衬衣、浅蓝色的短牛仔裤、米色的长袜和黄色短筒皮靴，脸色红润，配上雪白的牙齿和整齐的胡子，脸部表情非常丰富，他话不多，却很礼让。他和他的太太虽生活在大自然之中，但在他们身上都有一种贵族的气质。女婿告诉我，他们都是前殖民时期英国贵族的后代，由于热爱农业，结婚后买了这个农场，并且一起在这块碧绿的土地上经营了38年。

在Franklin的花园里，我们看到一个用绿白两色瓷砖砌成的大棋盘，上面摆着用木头做的绿白两色国际象棋，每个棋子都有30厘米高，棋盘的正前方有一把用树根加工而成的双人靠背椅，两旁有自制的小木凳。Alan告诉我们，这是他父亲用工余时间做的，是父亲送给母亲的生日礼物。我心里想，这份情真是很重的，这种表达感情的方式是绝对西式的。

Franklin和Lucy共有三个孩子，大孩子到英国留学，患癌症早逝了，二儿子在欧洲定居，Alan是他们的第三个儿子，和他们一样对农业有兴趣，现在和他们一起经营这个农场，农场作物的种植、施肥、淋水、除虫、收成，全部机械化，一般情况下都自己操作，忙时才请临时工。他们有两套很大的房子，一套白色的是Franklin和Lucy居住，另一套绿色的是Alan住的。Alan在自己的绿色房子前面，用铁丝网建了一间很大的鸟屋，养有孔雀、鹦鹉和一些不知名的小鸟，用以自娱。他还从海边运来许多大小石头，在花园里造假山，他说他的目标是要建一座小型的中国园林。他的房子周围有各种各样盆栽的绿色植物，还有几盆是中国的小石榴树和米兰，他说这些是他最宝贵的东西。临别时，Alan问我们："你们中国人新年的习惯祝语是什么？"女儿说："恭喜发财！"他笑着到玻璃房里拿出两盆"moneytree"送给我和女儿，还学着用汉语说："恭喜发财！"

现在我已回到中国，但Franklin一家在大年初一接待我们的情景至今不忘。康德说过："人之可贵，是他只尊重自己发出的法则。这些法则不是他人提供的，而是自己生产出来的。"我想，Franklin一家正是遵从自己的法则生活，因而他们是幸福的。

（原载《羊城晚报》1999年4月15日）

在绵绵白云之下

——新西兰海上日记

  圣诞节前后，女儿女婿有半个月的假期，特邀请我和外子到新西兰奥克兰同他们一家欢度节日，并且提前在香港为我们订好赴新机票，后因我到北京参加全国第六次作家代表大会，推迟至12月25日才成行。我们抵奥克兰时，那里庆祝圣诞的一切狂欢活动都已结束，许多人都利用假期外出度假。为了欢迎我们，女婿安排了一次Tauranga市之游。Tauranga离奥克兰230公里，是一个美丽的海滨城市，那里的Mt Maunganui区，是新西兰著名的旅游胜地，每年元旦前夕都举行盛大的烟花晚会，吸引国内外众多游客。我们的行程共三天，包括登山和海上游。因为外子有腰疾，不宜登山，所以把重点放在Tauranga海湾之游。女婿专门租了一条豪华小游轮，全家在海上玩了整整一天，充分享受那"白云之乡"的海景，以及在绵绵白云之下的异国情谊。

  我们乘坐的小游轮叫"Mission Chavaters"，船上有三位工作人员：船长Neil和他太太Gaye，还有一位年轻水手兼潜水员Garl。船长夫妇是农场主，有4个果园共15公顷的土地，生活丰裕，两个女儿都已大学毕业，各有自己的生活目标。因为他们喜欢钓鱼，有结交新朋友的愿望，为了改变原先在农场的封闭生活，追求理想人生，三年前，把果园出租给人，买了这条120万新币的豪华游轮，成立自己小小的海上公司。Gaye告诉我们，他们并非靠此为生，更多的是出于自己的兴趣，过他们所向往的生活，所以不是天天出海，对前来租船的客人也有所选择，他们喜欢把船租给那些有文化、有教养的人，这样，有助于同他们沟通和交流。Gaye还说，三年来，他们交了许多新朋友，学到很多新的知识，特别是从外国游客那里了解到不同民族多姿多彩的文化，大大开阔了视野，因而很热爱这种海上的生活。

"Mission Chavaters"游轮不大，但设备齐全、舒适，船的前部有两间卧室，室内有大沙发床，可供客人休息。船的后部装饰成客厅，四周是真皮沙发，当中有一个椭圆形的玻璃几子，几子可以升降，需要时将几子降下，两边沙发拉开，成为一个很大的沙发床。在卧室和客厅之间，有洗手间、浴室，还有一个小小的开放式厨房。客厅有电视、电脑、电传、电话，客人可随时使用，船长通过这些能够及时了解海上情况的变化。我的女婿还用船上的电脑处理了奥克兰公司的业务，使我们觉得虽置身于茫茫大海，却没有离开现代社会。

出海时，天气很好，风不大，海水蓝极了，绵绵的白云在空中徐徐飞行，近处的Mt Maunganui山呈青黛色，远处是宽阔无尽的海的世界。一会儿，太阳出来了，水面上金光闪闪，海景伴着太阳升，大家都被阳光下的海景迷住了。此时，水手Garl在电脑上发现鱼群经过，迅速起身准备渔竿钓鱼，女婿是个钓鱼迷，也活跃起来，带我们来到舱外的甲板，看Garl把各种颜色的塑料小鱼和鱼饵挂在渔竿上，放进海里。大概是由于海浪太大，一个小时过去了，只钓到一条皇帝鱼（king fish），长63厘米，按新西兰国家保护海上动物规定，皇帝鱼长65厘米以上才可食用，我们只好把钓上来的鱼又放回海里。船长看我们兴致很高，为了不让大家扫兴，主动提出将游轮开出海湾，在内外海的边缘，放下135米长的鱼丝，每3米挂一鱼钩，以红色塑料浮标为号，约一小时，拉回鱼丝，共钓得snapper鱼8条，按规定这种鱼长27厘米以上则可以食用，这次钓到的鱼都很大，符合食用标准，我们一家大小都很高兴。水手Carl还乘兴着潜水衣下水，潜得一大袋鲜瑶柱，当场剥壳，交Gaye在微波炉煮熟给我们尝鲜。

在游轮上，Gaye为我们制作午餐和下午茶点。午餐是两大盘蛋糕，还有熏肉、色拉、果汁、咖啡等，下午茶是咖啡、奶茶、比萨饼、什锦糖和水果。所有熟食，都是她在船上用烤炉烤的，虽是一般的食品，但她热情好客，大家还是吃得很香。

游海过程，经过几个小岛，其中两个火山岛，还有一个长形的绿色岛屿。Neil向我们介绍，这些岛的居民多为毛利人，每个岛有两三个毛利家族居住，他们以种植水果和捕鱼为生。我们见到的第一个火山岛叫Mayor Island，是当年英国人库克船长发现新西兰时最先到达的岛，因那天是伦敦市长Mayor Island的生日，故以市长名字命名。每个岛都有游轮靠岸的小码头，Neil原安排我们在"长岛"上喝下午茶，由于钓鱼时耽搁时间太长，没能上岛，从船上瞭望，只见浓密的树林，却不见毛利人居住的房屋，但码头附近，有许多青少年在海上玩水上摩托和舢板，还时有小型飞船从那里开出。

我们的游轮返回Tauranga码头时，已是晚上9时，码头的众多游轮均已归帆，海港一片灯海，极其壮观，我在心里赞叹：好一个现代的大海港！上岸时，船长夫妇和水手先后和我们握别，船长太太Gaye告诉我，三年来，他们还是第一次接待这样一个纯粹的华人家庭。她还指着我两岁的小外孙女说："她是我们游轮有'史'以来最小的客人。"希望我再来新西兰时，能再乘他们的游轮，以续这次的情缘。

（原载香港《文汇报》2002年4月15日）

"风城"之旅

　　近几年，我曾三次到新西兰探亲度假，到过新西兰南岛和北岛的许多地方，却没有到过地处北岛边缘的惠灵顿。尽管朋友们都说惠灵顿地方小，风景不如南岛，商业又没有奥克兰发达，不去也没什么遗憾，但我总觉得，惠灵顿是新西兰首都，是该国的政治、文化中心，不会没有特色，心中依然有憾感。今年1月，我在奥克兰度假，前两年移民新国的学生芳婷来看我，邀请我和她一起到惠灵顿参观国家博物馆和图书馆，并告知，博物馆中有早期华侨史展览，图书馆的亚洲部藏有珍贵的资料，我欣然应邀前往。我们于1月16日清晨7时从奥克兰乘机到惠灵顿，17日晚8时从惠灵顿乘机返奥克兰，在惠灵顿只有两个白天和一个晚上的时间，但这个有名的"风城"，却给我留下了深刻的印象。

　　惠灵顿位于新西兰北岛南端，当中有著名的库克海峡，海峡有如一个大风洞，把西边的风全兜到城市来，因而有"风城"之称。我们是早上到达惠灵顿的，到达时风很大，走出机场，给我的第一印象，就是天空中飞快的白色云朵，一团团，一簇簇，在大风中，幻化成各种各样的形状，以箭也似的速度从我们的头顶飞过，那种云朵在风中集散跃动的天景，是我在国内外的其他城市所未见过的。

我们预订的酒店在市中心，离机场有相当一段路，必须坐的士前往。的士司机是个胖子，着装整齐，有礼貌，也很幽默，一路上谈笑风生，当他知道我们是第一次到惠灵顿时，就主动向我们介绍惠灵顿的城市建筑和人文状况，他说惠灵顿的民风很好，城市建筑集中，有许多现代化设施，具有历史意义的文物也多，是一个有文化品位的城市，他相信我们会爱上这个城市，他的礼貌和周到，拉近了我和这个陌生城市的距离。

新西兰国家图书馆建于1816年，是一座古老的欧式建筑，从外部看，同欧洲的许多建筑物相似，但它位于国会大厦旁边，同圆塔形的国会大厦形成了一种"传统"与"现代"的强烈对比，因而更显出它的沧桑和历史韵味。我们原是要到国家图书馆的，但到达以后才知道图书馆内部在维修，没有开放，就改道参观国会大厦。国会大厦的参观时间是早上10时30分至下午4时30分。每半小时接待一批客人，有工作人员全程陪同，参观者不必购买门票，只在进门时登记并领取参观序号即可。大厦门口和里面都没有岗警，人们可以自由进出。我们刚好赶上早上第一场接待，参观的客人有10位，除我们外，还有三个黑人、一个日本女大学生、一对来自澳大利亚的新婚夫妇、一对来自加拿大的老年夫妇。接待我们的工作人员，是一位有教养的中年妇女，着一袭绛红色套装，文质彬彬，她一边带路，一边讲解，还发给我们一些有关国会大厦的资料，从中我们知道，19世纪前的国会大厦是一座木质的哥特式楼房，1907年在火灾中焚毁，现在的国会大厦是1912年动工建的，后因第一次世界大战而停工，至1918年才竣工，外形有如一个白色的大蜂巢，里面的装修却是古典与现代的组合。由于新西兰是地震的高发区，许多现代化高楼都有防震设备。所以，红衣女士首先带我们参观大厦地下室的防震设备，她说这套设备是维多利亚大学一位博士发明和设计的，很现代化，即使强烈地震，也能保国会大厦的安全。接着是参观毛利事务部的会议厅，这个会议厅以毛利民族英雄牟伊（Maui）命名，室内四周全是毛利人的雕塑和壁画，中间有一长方形会议桌，上下座各有三个座位，上座是主持人的座位，下座是公民代表座位，两边是议员的座位。我们还参观了其他一些会议厅、办公室和资料室，包括有古典韵味的国会图书馆和圆形雅致的议会大厅。在参观中，红衣女士不时提出一些问题让大家讨论，因为参观的客人属于不同的国家、民族，文化背景不同，对同一问题见解很不一致，但这种不同文化的对话，却有助于消除彼此之间的陌生感。在国会大厦里，有一道用各种艺术品装饰起来的宽敞长廊，长廊上面挂着不同颜色的大型镶板，有象征天体的太空镶板、星星镶板，象征大地和海洋的土地镶板、大海镶板，不是整齐地悬挂着，而是高低不一，错落有致，在这些镶板的下面走，我觉得自己像是在太空中的人。长廊中有一块很大的"绿玉石"，上面挂满50多条不同国家、民族赠送的彩带，当中有新国华人组织赠送的，也有中国各地炎黄文化研究会赠送的。透过这些彩带，我们感受到的是一种兼容开放的文化精神。

翌日上午，我们驱车到国家博物馆。该馆共五层，占地2.4公亩，建筑面积3.6万平方米。馆内展出该国的历史文物，尤其引人注目的是该国特有的动、植物巨型标本。展室有小电影，让参观者看到地震、地陷、海啸、火山爆发时的真实状况，令我特别震惊的是1931年Napier市地震、1995年Mt Ruapehu地区几次地震的现场录音、录像，那真是人生的巨大灾难！该馆还辟有1769年以来的移民展室，其中也有早期到新西兰南岛淘金的华侨工人的史迹和遗物，有他们留下来的《淘金悲歌》："有女不嫁淘金汉，十年不共一宿眠；蛛网结缦空寂寞，尘积半床人未还。"读了令人落泪。展馆设专层展示毛利文化，有五彩缤纷的毛利会堂，有毛利人视为珍宝的"绿玉石"。毛利人是新西兰的原住民，在毛利族的传说中，"绿玉石"是他们的祖先KUPE从夏威夷带来的，会给人们带来好运，一些毛利游客参观时都用手在上面摩擦，祈求好运。馆里还展出早年毛利人过海的木筏和象征酋长身份的"绿玉石"短斧，以及用各种奇异鸟毛编织而成的斗篷、用各种贝壳穿成的毛利妇女的饰物，在这些物品的背后都有自己的一段故事。新西兰是一个年轻的国家，自1840年立国至今只有162年的历史，博物馆所展示的种种，却让我们看到这个雅号"白云之乡"的国家，百多年来是如何开拓自己的这块"绿土地"的。

由于返奥克兰的飞机是晚上8时才起飞，我们利用下午的时间上惠灵顿著名的维多利亚山游览。从城里上山，可乘坐小火车，火车站设在市中心的一座大厦之内，每15分钟一趟，火车干净别致，是火红色的车皮，可坐60多人，车费便宜，老人、学生还可减半。因惠灵顿的民宅多依山而建，所以中间有不少小停车站，听说住在山上的人就靠这小火车上下班。我们乘车到山顶。山顶有一个大咖啡厅，是用许多方形的木条搭成的，结构很特别，由于时间紧迫，我们没有进去喝咖啡，只在厅前摄影留念。沿着山路走，山路迂回，山腰有儿童娱乐场，紧靠着娱乐场是玫瑰园，园里有玫瑰、郁金香，还有各种不知名的花。在一个绿草如茵的山坡，我们看到一个借助太阳光推测时间的怪异"图表"，是用金属和石头拼成的，从上面的说明，知道山上有一个对外开放的天文研究所。因不是周末和节假日，游人很少，临海处可听见海水有节奏地拍打岩石的声音，在山中前行，满山有树涛声咏唱，山风很大，风吹过，山林里似有巨鸟的尖叫。可能远处下过雨，天空残留着淡淡的彩虹，下山时，太阳正在下沉，晚霞映在海上，海面上银光闪闪。

当晚，我们飞回奥克兰，带着这次"风城"之旅的文化体验和满心的喜悦。

（原载《澳门日报》2002年9月18日、香港《文汇报》2002年9月30日）

他乡的风情

　　我的小女儿一家在新西兰奥克兰定居，我和爱人曾数次前往探亲，一般都是在我放寒假前后到那里和他们一起过圣诞节，有一年因有公务，推迟了行程，到奥克兰时已是节后了，那里的人都外出度假，城里一片静寂，女儿、女婿就带我们到海边去度假。那天，我们的车正走在往海湾的路上，却突然在一片小树林边抛锚了，一家大小一共五个人，站在树下，很无奈地看着那走不动的车子。

　　这时候，从远处来了一辆红色的敞篷小车，车上有四位穿着红红绿绿休闲装的老太太，戴着墨镜，每个人的头上都扎一条颜色鲜艳的丝巾，看见我们一家站在树底下，就停下车来，并且快速地走向我们，问我女儿是不是有什么困难，是否需要她帮助。当她们走近时，我发现这四位热心人都已是60岁上下的老太太了，虽如此热情、关爱，但对于我们那辆走不动的车子，很难帮上什么忙，所以婉谢她们的好意，请她们上车继续赶自己的路，不必耽搁行程。但她们却坚决地说："不，我们一定要设法帮助你们！"

于是，四个人分站在公路的两边，看着远处的公路，当发现有一辆货车前来，就纷纷解下自己的头巾，向着那辆货车不停地摇曳，这辆货车终于放慢速度停了下来，司机问她们是否需要帮助，她们就告诉他非常需要帮助，并把我们的困难告诉他，随即从车上下来一个身材高大的白人司机，向我女婿了解车子抛锚的原因，知道问题所在以后，就脱去外衣，到车上拿出工具，一会儿就帮我们把车子修好了。

我们非常高兴，四位老太太比我们更高兴，大家都一而再地向那位白人司机道谢，后来司机跟我们道别赶路，这四位老太太也跟我和我女儿一一拥别。我向她们表示谢意和歉意，说耽搁了她们的时间，她们却说："不，我们还要谢谢你们呢！我们四人是好朋友，都已退休了，今天天气很好，相约出来郊游，旨在浏览海边的自然风光，没想到遇见你们一家，使我们意外地得到一次助人的快乐，这是多么美好的精神享受！"然后便乐滋滋地坐上红色敞篷小车，当我们挥手向她们道别时，她们中的三个人还不断向我们挥着那五颜六色的丝巾，那时，风从前面吹来，她们穿的花花绿绿的衣服，也跟着风的方向飘曳不停。

我们住在海滨的酒店，酒店所属的那个镇是出鳟鱼的，我现在已忘了它叫什么名。第二天是一个阳光灿烂的日子，女婿和我爱人开车到加油站加油，女儿和我就带着小外孙女逛附近的精品店。在街道的交叉路口，有一间很小却非常雅致的精品店，店里所有的商品都是用手工做成的一件件小小的艺术品。我们进去时，店里只有一位六七十岁的老太太坐在橱窗前，就着窗上射进来的阳光，在绣一只小羊皮平底鞋，皮鞋的前面已绣上几朵不同颜色的小花，看我们走进店，她就笑着站起来。我们征得她的同意，把她手中的绣物拿在阳光下品赏，我和女儿均赞不绝口，她听到我们的赞美非常高兴，连声说"谢谢"！我对那位老太太说：等你绣好以后，这对鞋摆在橱窗上，一定会吸引更多的客人。她说：不，它不是商品，这对鞋是我给自己绣的，因为我已65岁了，走在路上已经不像年轻时那么受人关注，但是我想当我穿着这对精致的绣花鞋走在阳光灿烂的马路上，人们一定会向我投来赞美的眼光，我会感到多么快乐！所以我决心把这对鞋绣得很美，你们能理解我的这种心情吗？又说：这块小地方是我们家祖上传下的，我在这里开精品店，本意不在求生，而是要改变我老年的孤独生活，让我的生活永远跟大家在一起。我用这只小店，把自己平时做的手工艺品陈列出来，让人们欣赏，有一部分是别人寄售的，都是出自当地民间艺术家之手。客人来了，有喜欢的也可从中选购一两件，这小店给了我一个与人们沟通、对话的机会。我退休前是个美术教师，制作工艺品是我的兴趣。

我在她店里选了一对用石头雕刻的栩栩如生的小狗，女儿为小外孙女挑了两个小布娃娃，她在给我们包装的时候说，这对小狗是当地一位老雕塑家为庆祝圣诞节而刻的，平安夜前才送过来，他说愿借此给人们增添一份节日的快乐。当问及价钱时，她说都写在架子上了，我们按架上的标价把钱放在桌子上一个有红色图案的小玻璃缸里，然后向她道别，她也一再向我们致谢，并且赞扬我们一家有她小时所听说的传统中国人的儒雅。

（原载《羊城晚报》2007年7月5日，原题《奇特的老外》）